花园巡阅使

安武林 著

黑龙江教育出版社

图书在版编目（CIP）数据

花园巡阅使 / 安武林著. -- 哈尔滨 : 黑龙江教育出版社, 2023.3
 ISBN 978-7-5709-3485-0

Ⅰ. ①花… Ⅱ. ①安… Ⅲ. ①散文集－中国－当代 Ⅳ. ①I267

中国版本图书馆CIP数据核字(2022)第237492号

花园巡阅使
HUAYUAN XUNYUESHI

安武林 著

策　　划	张立新
统　　筹	侯　擘
责任编辑	葛　然
封面设计	Katherine
插　　画	然漫传媒
责任校对	王慧娟
出版发行	黑龙江教育出版社
地　　址	哈尔滨市道里区群力第六大道1313号
印　　刷	雅迪云印（天津）科技有限公司
开　　本	880毫米×1230毫米　1/32
印　　张	6.5
字　　数	110千字
版　　次	2023年3月第1版
印　　次	2023年3月第1次印刷
书　　号	ISBN 978-7-5709-3485-0　　定　价　49.80元

如需订购图书，请与我社发行中心联系。联系电话：0451-82533097　82534665
如有印装质量问题，影响阅读，请与我公司联系调换。联系电话：022-69310791
如发现盗版图书，请向我社举报。举报电话：0451-82533087

非同一般的"巡阅使"

2020年5月的一天,安武林兄发来微信,问我在家养花不,我说什么花?家里有绿植。他说,他种有很多翠菊、格桑花、月季、萱草,还说萱草就是黄花菜。我说,我没园子,能在花盆里养吗?他说,花盆可以,我有花盆,花开了,你看看,喜欢的,我分你。

如果没有疫情,那个时间,他应该在全国各地巡回做阅读推广的演讲。面对着成百上千的中小学生,他用不很标准的普通话,可以把他们逗得趴在地上乐不可支,可以让他们笑后都一致称赞这个头发不多的安老师、安伯伯、安叔叔、安爷爷还真有两下子,要写好作文,不但要听他们老师的,也要听安老师、安伯伯、安叔叔、安爷爷的。我猜想,可能是因为疫情,他只能在家里地下室大书房看看书,在园子里种种花,为的是打发时间。

他的块头,他的性格,像种花的人吗?想象他硕大的脑袋、巨大的双手,在园子里侍弄小小的花草,就觉得滑稽,好像猛张飞在绣花。感觉他更适合去山里栽一棵棵大树，或者到大沙漠、戈壁滩上去呼风唤雨、改天换地。

后来才知道安兄种花年头不短。住的一楼园子里有块空地，他不想让它闲着，就种了很多花花草草。播种、浇水、施肥，弄得有模有样，屡有心得，真像园丁似的。出差在外，也留心各地的花花草草，看来，他真是一个爱花的人。作家老舍也是一个爱花、喜欢养花的人，老舍在散文《养花》中写道："在我工作的时候，我总是写几十个字，就到院中去看看，浇浇这棵，搬搬那盆，然后回到屋中再写一点，然后再出去，如此循环，让脑力劳动和体力劳动结合到一起，有益身心，胜于吃药。"这样的好处，安兄一定切切实实体会到了。

安兄几次邀请我到他家里拉花，顺便小聚一下，因为疫情或临时有事，至今未成。我说，你先替我养着吧。寒暑易节，花开花落，如果那些花草会说话，肯定早有意见："我们虽不都出自名门，但身份也不低，怎么就送不出去呢？看来，未来的主人还是不识货！"

看到安兄这本写花花草草的书，我仿佛也站在他的园子里，看着它们茁壮成长。安兄像一个指挥长，一一指给我，向我介绍它们的名字和培育之道。这些花，我多是第一次听其名、观其样。我如果喜欢，安兄会很大方地送给我，极个别的，如果不舍得，他会说："这个你养不活。"就像我很多次在他的书房，他炫耀他的藏书，很得意，又怕我掠走他的最爱，说："这本，你没兴趣。""这本，不对你胃口。"

地球上的植物千千万，我们不可能也没必要把它们认全，但是，多认识一种总是好的，特别是对身边的花草不能熟视无睹，否则，只因叫不上名字，每次给人介绍或者写作文，很可能是那朵白花开了，那朵红花谢了，那个长得像什么的草又绿了。安兄这本书，首先让我们认识了众多的花花草草，知道了它们的生长习性。它们都是人类的好朋友。其次，这本书教会我们怎么去写花草、写景物。这就是观察和描写。同样是养花，同样是观察花，安兄能写得引人入胜，不能不让人佩服他的水平和能力。他是一点一点修炼达到的，我们要学，这本书可以提供很好的借鉴。

书名是《花园巡阅使》，让人不由得想起"书店巡阅使"。我第一次知道"书店巡阅使"，是看了出版人、生活·读书·新知三联书店原总经理范用先生的文章。范先生年轻时爱逛书店，在重庆的读书生活出版社工作时，每天都到书店里走走，到书店看看，同事给他起了一个外号叫"书店巡阅使"。安兄爱书如命，也是"书店巡阅使"。读书改变了他的命运,指引着他从乡村走到城市,从一个懵懂少年成长为一名成绩显赫的作家。如今,他又成了"花园巡阅使"。"花园巡阅使"把他从书房引到大自然,让他感受到了生活中的更多美好,也磨砺着他的性子,使他变得刚中带柔。一个安兄,两个"巡阅使"身份,真是非同一般。

我决心等天凉快了,全家一齐出动,到安兄的百草园参观,再把他早就为我准备好的花草树木拉回来。

张飞绣花——粗中有细。

安兄养花——全心全意。

"全心全意"是说安兄养花,不是为了作秀,不是故作风雅,而是真心喜欢、全心投入。我相信还有比"全心全意"更准确或者更俏皮的词,熟悉安兄的朋友会有更高明更好玩儿的答案。答案让人期待。

孙卫卫

2022 年 8 月 11 日

赠武林

叩问草木总闲情
绿友荟翁都伴此生
武林拈花微笑日
意趣从容入彩虹

壬寅之秋贺武林新书面世
高洪波 书

▲原中国作家协会副主席、著名儿童文学作家高洪波为本书题写的诗及书法作品

目　录

百草园　　1

艾 蒿　　5

凌 霄　　8

地雷花　　11

萼距花　　15

万寿菊　　20

地 肤　　23

那片竹林　　29

雨后的蜗牛　　34

翠菊、马齿苋、苋菜及其他　　38

宝莲灯　　42

雨中百草园　　46

茑萝松　　50

打碗碗花　　55

花园巡阅使

龙葵 60

苘麻 64

三棵石榴树 68

喧宾夺主 74

七彩椒 77

西府海棠 84

讨人嫌 89

云芝 94

巡阅使 101

秋天的朗诵会 104

一串红 107

每天都有新奇的事情发生 115

树根 120

等待花开 125

红掌 131

红与白 135

目 录

藿 香　　139

秋天，再见　　144

月季与玫瑰　　146

合成花　　153

迁 徙　　157

生命的颜色　　161

你从哪儿来　　165

观察与想象　　167

小点缀　　169

小梦想　　173

草木气息　　175

金盏花　　179

二月兰　　180

爱花的人们　　183

收 获　　192

百草园

邻居大哥，楼上大哥，以及我认识的花友，都管我的那块巴掌地叫百草园。那意思是，你什么都养，什么都喜欢，什么都爱，植物都野蛮生长。不像邻居大哥，养一片竹子；不像花友，养一片月季。而我，草本、木本、藤本的植物，几乎养了几十种。我只能在心里替自己辩解：我是一个需要很多爱的人，是需要很多美的人。

我搬来这里居住，已经十多年了。住一楼，窗外是一片公共绿地。长，十二步；宽，十一步。面积究竟是多少，我也不会计算，只是用脚步丈量了一下。初来的时候，窗外除了一棵樱花树、一棵香椿树、一棵橡树、三棵石榴树，便是寸草不生的垃圾之地。楼上丢的烟头、吃剩的饭菜、不要的废弃物，满目皆是。也许是农民的本性使然，也许是因为我钟爱花花草草，我自己开始在里

花园巡阅使

面种植各种花卉。我翻地、捡石头、施肥、播种、移植、浇水，投入了很多精力。当我养的花花草草粗具规模的时候，楼上的人再也不好意思往楼下的绿地里丢垃圾了。后来我才得知，这块公共绿地上的树，都是楼上的老居民种植的。这倒好，我成了管理者、劳动者，而所有权是各位主人的。杏树的主人采杏；香椿树的主人采香椿；石榴树的主人不摘石榴，因为这几棵石榴树结的石榴好看不中吃。石榴树的主人说："你若嫌碍事，可以挖了去！"那我怎么舍得呢？我不是个实用主义者，不像别人种蔬菜（虽然物业明令禁止），我种植的一切只是为了观赏。那石榴花多好看呀，红得像小火苗，石榴大大的也分外好看。

十多年来，我在百草园里种植过的植物多达六七十种。生生死死，悲欢离合，新陈代谢，自然界犹如人类的世界一样，每一天都有笑语，也有悲泣。如果养得不好，连蜜蜂和蝴蝶都不来光顾；养得好了，各种害虫也蜂拥而至。有趣的是，植物之间的争斗，也是你死我活，它们是为了生存的空间而战斗。比如说，我这一小块地种艾蒿，另一小块地种薄荷，它们泾渭分明，相安无事，和谐得像好兄弟一样。第二年再一看，全成薄荷了，艾蒿全被薄荷扼杀在摇篮之中。薄荷在地下横向生长的力量十分强大，似乎编成了一张大网，把艾蒿这些"小鸟"全部死死摁在地下了。我用黄杨围成了栅栏，里面种植最多的当属月季，月季的品种成千上万，而我仅仅有几种。不过，它的花期很长，差不多能一直开到冬天。

我种过的植物的品种有：益母草、凌霄、金银花、牛蒡、艾蒿、薄荷、蔷薇、紫薇、丁香、桃树、萱草、牵牛、太阳花、藿香、紫苏、千头菊、蜀葵、豹菊、菖蒲、芍药、马兰、木槿、海棠、迎春花、格桑花、灯盏花、万寿菊、连翘、朱顶红、百日菊、玫瑰、萼距花、竹子、桑树……我会列出长长的一个单子，要不，熟人也不会把我这块地方叫百草园了。我在朋友圈中晒我种的花花草草时，朋友们便惊呼：土豪哦，竟然有私家花园。其实，这是公共绿地。按照物业规定，一楼的住户可以打理窗外的公共绿地，如果一楼住户不愿意打理，同一幢楼其他单元包括楼上的住户也可以打理，唯一不允许的是种植蔬菜。想想也有道理，种花种草，类似花园，大家欣赏，如果种蔬菜，那就是私人享用了。

在我的眼里，每一种植物都是一本书，是一首诗，是一幅画。

我给我种植的植物写过不少诗歌和散文。朋友开玩笑说:"你那点地方的植物,让你写完了没有?"我笑着回答:"怎么可能写完?一辈子也写不完哟!"是的,若写完,那说明我真的是江郎才尽了。

艾 蒿

　　我在窗外种下艾蒿的时候，不由自主就想起了日本女作家安房直子的童话《艾蒿原野的风》。我种下的不仅是一篇童话，也是我的故乡和我的童年。安房直子的童话，归根结底是写了几个小吃货而已，艾蒿能吃，能做丸子，这与我国南方的习俗没有什么区别。苗族的朋友给我寄来她姐姐做的粑粑时，我惊讶了，那就是用艾草做的。我生长在晋南，从来没有听说过艾蒿能吃，只知道它可以结成草绳，点燃，是夏夜熏蚊子最好的材料。艾蒿是荒芜、贫瘠、野性的象征，它生长在乱石滩上，砂石堆中。

　　艾蒿的品种有上百种，统称艾草。但我相信，我们乡下的艾蒿不是食用的艾蒿，恐怕也不是药用的艾蒿，我只能说它们是熏蚊子的艾蒿。那些艾蒿纤细，一副病恹恹的样子，好像先天性营养不良，

花园巡阅使

但它们的生命力是很顽强的，不然，它们在恶劣的环境中难以生存。而我种下的艾蒿，则是一副雄赳赳、气昂昂的样子，挺拔，叶子阔大，茎粗壮，个个都像勇士一样。尤其是风吹动的时候，叶子翻飞起来，一片银光闪闪，好像都涂上了厚厚的银粉一样，煞是好看。如果不看叶子的背面，它的叶子和菊花的叶子相似极了，一般人常常会把二者混淆。菊花也有上千种，我指的是和千头菊、豹菊的叶子相似。当然，艾蒿会散发出浓烈的香气，而菊花则不会。

　　在社区里面，总有一些喜欢种艾蒿的人，种上几株，摇曳生姿，芳香四溢，算是小点缀，也可以净化空气。尤其是到了端午节，收割之后挂在门上，也算是一种节日的专用品。我规划了一下，种一小片艾蒿，种一小片薄荷，让它们像好兄弟一样，彼此相望，一同成长。端午节，我把艾蒿收割之后，给左邻右舍送了一些，剩下的阴干，放在箱子里收藏起来。到了第二年，我发现，艾蒿一根也没有长出来，倒是薄荷跨洋过海，一下子占领了艾蒿的生存领地。植物之间的空间争夺战，令我感到触目惊心，大自然的残酷可见一斑，那都是你死我活的争斗呀！我原来不知道薄荷这种东西是靠茎在地下延伸生长的，它可以在地下结成密密麻麻的网，估计这些网活生

艾 蒿

生挤占了艾蒿的生存空间，让艾蒿无处可生了。

今年很可怜了，只有五六株艾蒿。有个大姐说："你那么多艾蒿，给我挖几株吧？"我说："没有啊，我只有五六株。"大姐一指我的千头菊和豹菊说："你那么多！"我哈哈大笑着说："那是菊花啊！"大姐不好意思了，她难为情地说："哎呀，它们长得太像了。"是的，它们长得太像了。卡夫卡说，人有两大毛病，一个是缺乏耐心，一个是漫不经心，所以，把它们混淆，我是很理解的。其实，这还不算最搞笑的。据社区的另一个大姐说，有一个老头儿，种了一些艾蒿，也种了一些菊花，有人把菊花当成艾蒿挖走了。老头儿很生气，于是，他把艾蒿种在马路边的地上，供人挖，还专门给菊花写了一个牌子：这是菊花。但结果是，别人跑到里面把他的菊花给挖走了，却把他的艾蒿留在那里。

有时候，我觉得书房的空气沉闷，就会取出一两片艾蒿叶子，用打火机点燃，不一会儿便满屋生香，令人心情大爽。这是大自然珍贵的馈赠啊！我想，热爱大自然，就是爱我们人类自身吧。

凌 霄

如果让我养的花儿集体亮相,一一向大家做个自我介绍的话,凌霄花一定会很自豪地说:"我叫凌霄。凌,是壮志凌云的凌;霄,是九霄云外的霄。"提到凌霄,我就会想起我大学时的一位女同学,她自我介绍的时候,用的就是这种语气、这样的方式。我们一下子就深深地记住了她的名字。

凌霄和紫藤,都属于攀缘藤本植物,是搭花廊的最佳植物。在宾馆,在学校,在公园,许多地方都可以看见它们的倩影。紫藤给人的感觉冷艳、孤傲、高贵、难以亲近,而凌霄则热烈、温暖、活泼、充满活力,这可能和它们花朵的形状与色彩有关。凌霄的花是橙黄色的,花壁深处的颜色却是鲜红的,花朵五瓣。大自然很神奇,有不少花都是五瓣的。

凌霄

我养的凌霄,是从邻居大哥那里挖来的。邻居大哥的窗外有一棵高大的柿子树,柿子很大,是人们常说的板柿,它比普通的板柿更大一些。挨着柿子树,邻居大哥种了凌霄花和藤本的金银花。奇怪的是,凌霄长了数年,攀缘了几米高,就是不开花。也许是藤本植物的共同特点吧,一到冬天,就剩下光秃秃的枝条,让人猜不出它到底是活着还是死了。不过它攀缘的力量真有点令我震撼,它紧紧地贴在柿子树的树干上,像绳子捆住了柿子树一样。邻居大哥让我挖了两三株,没想到,第二年它就开花了。邻居大哥向我念叨过很多次:"哎呀,我的怎么还没开呢?"他的凌霄比我的高,比我的种的时间早。我也纳闷儿,搞不清什么原因。

我的凌霄攀缘在石榴树上。有的匍匐在地上,有的在地上扎下了根,似乎长成了一团。我是一个极笨拙的人,一些简单的体力活,比如除草、浇水、翻地、施肥,我都能胜任,唯独技术性的活,我是一窍不通。所以,我不会给凌霄搭架子,只能使傻力气,只能任其自由发展,肆意疯长。我用木棍支撑着,让它的枝条爬上石榴树,我只能做到这些。奇妙的是,第二年,它开出两朵花。第三年,开出六朵花。大自然真不可思议,人们付出同样的劳动,收获却大不

花园巡阅使

相同，如我和邻居大哥一样。去年冬天，北京格外冷，许多花卉都被冻死了，就连生命力极其顽强的竹子，也一片片被冻死了。春天的时候，我忧心忡忡，不知道我的凌霄到底是死了还是活着，因为藤本的植物在冬天或者说在春天没有冒出叶子之前，很难判断它的生死。但我后来似乎也掌握了一点方法，那真正干枯死掉的枝条，颜色会变白，而没有死掉的枝条，则是褐色。

今年六月，邻居大哥的凌霄开花了，好家伙，不开是不开，一开便惊人。柿子树像是一根柱子一样，被凌霄花团团包裹着，好像在庆祝夏天的到来。本来，邻居大哥家的凌霄都要死去了，他也告诉我凌霄死掉了，但我不相信，一直观察着，直到发现底部长出一些新绿之后，我惊喜地告诉了邻居大哥。邻居大哥却是波澜不惊的样子，想必他觉得不死也开不了花吧，所以，他很淡然。我的凌霄也开了两朵，还有几十朵含苞待放。而在另一棵石榴树下种下的凌霄，也开始攀缘了。我想，明年会开花吧。

明年会开花吧，是我的一本诗集的名字，用在此刻，极为恰当。人因为怀想而美丽，因为期待而充实。

地雷花

每当我在讲座中提到"地雷花"的时候，数以万计的小学生都会发出开心的笑声。他们以为"地雷花"是我童话里的花卉，是我自己创造的。其实不是，它的学名叫紫茉莉。它还有其他名字：洗澡花，晚饭花。

我一直觉得，老百姓给花卉起的名字，比植物学家给花卉起的名字更形象，更有想象力，他们总是根据植物的某些特征来给它们取名字。比如说，地雷花，指它的种子外形像一颗小小的地雷一样，它不仅是黑色的，而且还有与地雷上面类似的花纹。晚饭花，则是根据它的开放时间起的，也就是说它在人们吃晚饭的时候才开。这也不尽然，大清早，地雷花也会开的。

地雷花是地地道道的草本植物，整株植物看起来都是水意盈盈

花园巡阅使

的，好像一招就能出水一样。按照科学的解释，地雷花最高可达一米，实际上要远远超出一米，如果养得好的话。叶片是卵状三角形的，阔大，几乎可以和鬼子姜的叶片相提并论。如果不去科普，根本不知道它的原产地在热带美洲。其实，它在我国南方和北方，都普遍有野生的或人工种养的。这种植物对生长环境的要求不高，人工养起来非常容易。它的花朵基本都是由五瓣组成，颜色不太多，只有紫色的、白色的、米黄色的，或者两种颜色的杂交。我们最常见的，便是紫色的。

我养了数年的地雷花，清一色的紫色。在春天的时候，地雷花的种子非常强势，像鬼子姜一样，一顶一小片土都会裂开。当我想起"种子的力量"这句话时，总是会不由自主地联想到地雷花。的确，这个物种的种子的力量很强悍。有一年，我家窗户外面挖暖气管道，施工队把我种的所有的花儿都给埋葬了，建筑垃圾覆盖足有一尺多厚。我很难过，这一片土地什么也种不成了。意外的是，一株地雷花蓬蓬勃勃地长出来了，而且长得很大，两个人合围都包不住。它简直成了花王，成了花仙子了。它不像草本的地雷花，倒像一棵木本的花树了。经过此地的人，无不惊叹，无不驻足观赏。

地雷花

不曾想，遇到了一场小小的意外。北京风大，一场大风，把我的地雷花劈成两半了，虽然被劈开了，但它依然傲然挺立。我用木棒、砖块、细绳，固定、支撑、缠绕，总算保住了它的生命。朵朵绽放的花朵，给我的感觉就像一张张笑脸，就像它们心里充满了快乐一样。有同事问我说："安老师，你为什么总是那么快乐呀？"我说："哪儿来的那么多烦恼呢？"其实，养花是我快乐的源泉之一，另一个便是书籍了。我从来都不好意思愁眉苦脸地面对我的花花草草，在它们面前，所有的烦恼都是可耻的。

地雷花的根须，一般扎得都不太深，用力一拔，就可以连根拔出来。但我养了几年的那棵地雷花，那根系像我胳膊一样粗，我不知道它是否会扎得很深。可惜的是，这棵花王一样的地雷花，无缘无故地死掉了。我感叹，大自然的一切，新陈代谢，自然更替，不必过于忧伤，毕竟，还有新的生命会诞生。

在小区里散步，发现地雷花还有别的颜色，我特意采集了一些不同色彩的地雷花的种子。今年春天种下去，六月开始开花了。有几棵是黄紫相间的颜色，每一片花瓣上都有两种颜色，摇曳生姿，多姿多彩。我还专门为地雷花写过一首诗，做成了精装版的绘本，供孩子们阅读。

我笑着对孩子们说:"以后打仗,就用地雷花的种子,这是童话里的战争!"

孩子们哄堂大笑,我也开心地笑了。也许,普里什文的那句话很对:天堂的模样,就是人间花园的模样。

萼距花

在湘西的一个午后，我和朋友在宾馆后面的马路上散步。马路两边都是青山，青山上到处都是茂密的植物，郁郁葱葱。突然，我在马路边发现了一丛一丛的萼距花，细长的叶子，紫色的小花，格外美丽。

"哎呀，这是满天星。我要采一些带回北京养着。"我惊喜地说。但我又开始犯难了，这些萼距花，是人工种植的呢，还是野生的？如果是人工种植的，那我是不能采的。如果是野生的，我可以大胆地挖一些出来。只是我无法做出准确的判断，一时踌躇起来。

当我再向前走几步，发现被茂密的植物遮挡之下有一条干涸的水渠，水渠是水泥铺就的，嘿，在水渠内，竟然也有几丛萼距花。太棒了，这些绝对是野生的，而且，它们的根扎得不深，应该说是

花园巡阅使

很浅很浅的，扎在水渠里没有被冲走的泥沙中，不足一寸厚，这倒是一举两得了。

我轻轻一拨，就把萼距花拔出来了，根上带着一些泥土。我找到几个塑料袋，把它们装进去，拎回宾馆。朋友问我："你要带回北京吗？"我斩钉截铁地说："是的！"朋友不语，看得出来，他是有些担心，怕几天之后，这些萼距花会死掉。的确，我也有些担心。到了宾馆，我找了几个纸杯，把它们小心翼翼地搁进去，置放在窗台上，然后浇上水。我笑了，我知道，我把一首诗带回宾馆了。从我房间的窗户向外看，不远处就是山，看着萼距花，再看看山上碧翠欲滴的植物，一种很美的感觉像羽毛一样在飞扬。也许，在夜晚，月亮从山那边冒出来，会照在我的萼距花上。白天，我的满天星在我房间里；夜晚，我的满天星会飞到天上去。我写了一首小诗：

满天星

在路边

采下一株野生的满天星

放在窗台上

她像星星一样

小小的

密密的

紫色的小花瓣

仰望着不远处的山峰

似乎在深情地期盼着

从山峰那边升起的月亮

月亮升起的时候

她们就会飞向天空

化作满天的星星

在月亮广阔无边的光芒里

陪伴着月亮缓缓地

轻盈地

飞翔

花园巡阅使

　　去年秋天的时候，我的邻居大哥养了一盆满天星，细小的紫色花瓣，开得极盛。观其茎，我觉得这种植物不是草本，应该属于灌木。它的每一根茎，都直通根部，而且茎都是木质的。大哥见我喜欢，就说等繁殖多了，给我分一些。谁知道冬天一过，他的满天星全部死掉了，这成了我的一个遗憾。

　　我意外地发现，我所谓的满天星，真实的名字应该叫萼距花。但也有人把萼距花称作满天星。就如同格桑花一样，迄今为止，格桑花依然是一个充满争议的花卉名称，就是在植物学家那里，恐怕也是存在争议的。我觉得有争议是好事，没有争议才是一件非常糟糕的事。大自然的神奇之处，就在于它是在不断变化着的，而人类总喜欢做一劳永逸的事。不过，萼距花在我看来总是带着几分野性的，它的叶子会莫名其妙地让我联想到蕨类植物，只是感觉它进化得快一些，但它们是否是近亲，那可真的需要植物学家们给出答案了。

　　几天之后，我带着采集的萼距花回北京了，它们一点儿也没有干枯的迹象，倒是一副生机勃勃的样子。我把它们分别种在两个大

萼距花

花盆和一个玲珑的小花盆里,把它们养起来。再仔细观赏,发现它们有的像灌木,有的像草本,我哑然失笑。反正,科学的解释是:萼距花,灌木或草本。我唯一的担忧是,它们能否安全健康地度过这个冬天。

万寿菊

去年国庆节一过，社区摆放的许多万寿菊便废弃了。许多男男女女，都去捡花。有的人捡没有枯萎的万寿菊，还可以观赏几日；有的人专门要花盆里的肥料，觉得肥料有营养，再种花可以使用。我抱回数盆，放在窗外养。万寿菊有两种颜色，一种是金黄色的，一种是橘黄色的。植株不高，花儿开得甚是烂漫。

万寿菊，是节日摆放的重要花卉之一。在乡下是不讲究各种节日的，只有传统的中秋节和春节两个节日，乡下人才格外重视。在我的印象中，国庆节，只有在县级以上的城市，才会张灯结彩，摆放花卉。劳动节、建党节、元旦，有时候也非常有节日的气氛。而节日气氛浓郁的重要标志之一，就是摆放鲜花。万寿菊，便是最常用的一种花卉。人们之所以选用万寿菊，我个人觉得，是因为它有

万寿菊

得天独厚的条件：种植容易，不娇气，对自然条件要求不高，而且花朵美观，花期是七月至九月。它的叶子细小，非常普通，甚至有几分丑陋，所以，更能衬托出花朵的美。

我抱回的万寿菊，此起彼伏，开放了好多天。看来万寿菊的生命力真顽强。奇怪的是，金黄色的万寿菊，似乎有一股臭味儿。一查资料，才知道它还有好几个别名，其中之一就叫臭芙蓉。不过，如果不用鼻子凑近去闻万寿菊，那种臭味儿还是闻不到的。金黄色的万寿菊和橘黄色的万寿菊，还有一个小小的区别，前者的植株矮小一些，后者略高一些。仅观花色和花瓣的形状，金黄色的万寿菊热烈，橘黄色的万寿菊深沉，好像一个是青年，一个是中年。大自然中的一切，都和人类有着千丝万缕的密切关系。

今年春天，我撒下不少花的种子，有格桑花、五角星花、地雷花、百日菊、灯盏花等，其中就有万寿菊。很多花没有长出来，可万寿菊，却长了二三十棵。因为它们矮小，很容易被其他花卉遮住，所以当它们长到一寸高的时候，我把它们全部移植进了花盆里。奇怪的是，其中的一少半都长得病恹恹的，无精打采，一副不再生长的样子。但出奇的是，在五月，它们全部开花了。万寿菊的花朵像一张张灿

21

花园巡阅使

烂的笑脸一样。我把它们全部摆在窗外护栏的铁条上，不料，被我们的楼长看见了，她惊讶而又神秘地说："你怎么摆这个？"我说："怎么啦？"她摇摇头："唔，我可不敢摆，不吉利，我们都不摆黄色的。"我哈哈大笑。我明白了，原来他们忌讳这个，如同我们从前把白色看成不吉利的象征一样，而现在年轻人结婚的婚纱有很多都是白色的了。时代在变化，但总有不喜欢变化的人，他们还在恪守着传统中的禁忌或者习惯。

　　橘黄色的万寿菊，叶子更茂密，植株更高一些，比金黄色的万寿菊能高出两倍甚至三倍。我隐隐有些担忧，按照科普资料所载，万寿菊的花期是七月至九月，而我种的万寿菊五月就开了，它们能开到十月吗？橘黄色花瓣开放非常有趣，它们像是侦察兵或者是先头部队来侦察情况一样，先是开三瓣，过一两天，再开三瓣，几天之后，才全部绽放。菊花的品种繁多，实在没有办法从植物类书中查找资料，实践中得到的知识更可靠吧。我相信纸上得来的东西，总是有些浅的。

　　万寿菊开得灿烂，我每天看着它，心里都会产生一个愉快的念头：今天是自己的节日。瞧，万寿菊开得多迷人哟。

地　肤

河南省长垣市。

中午吃饭的时候，桌子上的一道菜引起了我的注意。墨绿色的蒸菜，拌了面，像挂了一层霜似的。细细的长条，像刚刚冒出来的柳树细叶一样。

会不会是面条菜？小时候，麦地里面长的那种面条菜？面条菜学名叫麦瓶草，也是一种中药材。那个时候，我们并不知道它叫面条菜，更不知道它叫麦瓶草。我是近些年才对许许多多的植物感兴趣，千方百计搜集它们的资料，尤其是那些儿时熟悉的、叫不上名的花花草草，更是让我迫切地想知道它们的名字，好像相处了多年的朋友，不知道它们的名字一样，我是怀着一份惭愧的心来进行这项工作的。

花园巡阅使

我用手指着那盘菜问道:"这是什么菜呀?"

一桌的人,表情木然,没有人知道。坐在对面的小王,看样子是"九零后"的青年,他的脸一红,轻轻笑了一下,但没有回应。我觉得他应该知道这道菜,所以又问了一声。

小王又是一笑,这一次笑出声来了。他有点不好意思地说:"扫帚苗。"

我哈哈大笑起来。

我终于理解小王为什么要笑了。他的笑有两层意思:第一层意思是,扫帚苗属于司空见惯的野菜,用它接待我有点廉价,不上档次;第二层意思是,扫帚苗长大后可以做扫帚用,而扫帚是扫垃圾用的,在饭桌上谈论它,实在不雅,好像一个人在吃饭的时候,听到别人大谈特谈厕所一样,多多少少有点倒胃口的意思。

我可不管这些,我觉得太亲切了。像我这种从乡下走出来的人,对土地上的一切都怀有深厚的情感,就像鱼儿遇见水一样。在我骨子深处,总有一种情结生机盎然,郁郁葱葱。我觉得我本身就是一株野草,遇到一切土地上的植物都有一种回家的感觉,那是一条通向村庄的路,别人不能察觉,而我却欢欣鼓舞。我想,所谓的精神

地肤

便是这种感觉吧。

我夹起一大块，蘸点蒜泥，塞进嘴里。唷，棒极了。很柔韧，耐嚼，还有点滑腻的感觉。我惊讶了，这么好吃的东西，年过半百了，才第一次品尝到。小时候，我根本不知道扫帚苗能吃。而且，在我们乡下，用扫帚苗做扫帚的人，极少。但那个时候，我见过扫帚苗生长的样子，也见过别人用扫帚苗做的扫帚。

打我记事起，我们家用的扫帚，都是竹条做的，大大的、沉甸甸的竹条扫帚，只有爷爷一个人能舞动。他的胳膊像树干一样粗壮，拳头像碗口那么大。他略一弯腰，双腿叉开，在地上每扫一下，院子里都会想起刺耳的、响亮的"哗啦"声。在我的眼里，扫帚就像是爷爷的兵器一样，他扫院子时简直就像鲁智深在挥动自己的禅杖。若是父亲扫院子，那把扫帚会把他累得大口大口喘气，而母亲和奶奶，扫一下，都得歇半天。记得母亲有一次向我抱怨："买扫帚也不知道挑小一点儿的。"母亲的话，只能背着爷爷说给我听。若是爷爷听见了，他会用鼻子冷哼一声。乡下人，没有一个好身体，没有力气，那可算不上一个好农民的。

我去一个同学家里，见到过同学的母亲用扫帚苗做的扫帚扫院

花园巡阅使

子。第一次见扫帚苗做的扫帚,我很惊讶,惊讶的程度不亚于见了外星人。同学的母亲个子矮小,用圆葫芦一样的扫帚扫院子,很轻松。我们家的扫帚,竹子做的,两米多长,而扫帚苗做的扫帚,只有一米左右。若说重量,竹子做的扫帚,像金属一样沉重,而扫帚苗做的扫帚,犹如棉花一样轻柔。若用兵器比喻,竹条做的扫帚像一挺重机枪,扫帚苗做的扫帚只能算一支卡宾枪。而且,扫帚苗做的扫帚,非常适合个子矮小和力气小的人使用。

但我还是不明白扫帚苗是一种什么东西。在捆束得紧紧的枝条中间,有一些干枯的红叶夹杂其中。后来,我去别人家里,看见了一棵正在生长的扫帚苗,嫩绿的叶子是细长形状的,粗细只有柳树叶子的三分之一。只是那种绿,那叶子,好像女孩子的笑意一样,给人的感觉总是欢快的。上面细细的茸毛,像蒙着细纱、细雾,如梦似幻。这种植物,颇有点儿小家碧玉的感觉。它和所有的植物都不太像,好像比别的植物出身娇贵一点儿。

我终于搞明白了,扫帚苗的学名叫地肤,它的种子叫地肤子,有除湿热的功效。

秋天以后,地肤嫩绿的颜色会逐渐变红,红得细腻,像红红的

地 肤

嘴唇一样的颜色。

自从窗外长出一株地肤之后,我就怀着极大的热情,密切地关注它的生长过程。起初,它冒出芽的时候,我并没有认出它来。在一片茂密的地雷花的旁边,它弱不禁风的样子,差点儿让我把它当成一棵不知名的野草。尽管它和狼尾巴草有几分相似,但它在没有分杈之前,我还是不能确定它就是地肤。如果不是我对植物抱有浓烈的探究之心,恐怕它早就被我当成野草给除掉了。

不知道为什么,它长出了黄黄的叶子,所有的地肤都有此特征,还是它是个例外?它开始分杈的时候,我认出它了,但我有几分担心。它发亮的黄色叶子,几乎占了三分之一,难道它要枯干吗?植物学的知识一般而言是准确的,但它们并非那么精确。这是大自然的神奇之处。我担忧,唯恐它会半路夭折。种种关于地肤的记忆无时无刻不在激荡着我的心灵。但我发现,那些发黄的叶子,开始逐渐变绿,并非是枯死的迹象。当它超过150厘米的时候,那黄色的叶子依然醒目,好像是满头黑发的人长出了一片白发一样。我暗暗发笑,每次看到它的样子,总是忍俊不禁。

地肤是一年生的草本植物,按照植物百科知识的介绍,它的高

花园巡阅使

度为 50~100 厘米，但现在它都已经超过了 150 厘米，能不能长到 200 厘米，不得而知。看样子，到了秋天，它发黄的叶子才会全部变绿，这个夏天几乎是不大可能了。但我发现，它黄色的叶子，是朝向东方的，这会不会和光照有关？

那天中午的那顿饭，吃得格外爽快，我的胃里只有扫帚苗蒸菜的感觉。可口的食物，总是让人心情愉快。

第二天，我提出依然要吃扫帚苗的蒸菜，但令我失望的是，不知道是面拌得少了，还是扫帚苗有点老了，口感无论如何也比不上第一次。

窗外的地肤，好像在表演舞蹈，枝枝杈杈，都在充分舒展。也许，它感受到了我的关注和热情。我不由得想到，也许，当一个人对植物产生一种爱意的时候，植物便会最大限度地向其展示出它的种种可爱之处。

那片竹林

邻居大哥家的墙上，挂着四幅条屏，梅、兰、竹、菊，配上木质的沙发，以及阳台上养的花花草草，室内增添了不少文雅之气。

邻居大哥是北京人，地地道道的。往前推，还是满族的，好像是叶赫那拉氏那一支的。他是从印刷行业退休的，至少是总工程师或者高级工程师之类的。家里的工具箱里，什么工具都有。别看七十多岁了，上高爬低，只要是室内需要修修补补的，无论是电气，还是机械类的，他无不精通，都是亲自动手。

我最羡慕的是，他拉得一手好二胡。地下室内，摆了一排二胡，而且，还有不少是他自己做的。他喜欢竹子，如痴如醉。

在室外，挨着我家的绿地，他种了一片小小的竹林。竹子的品种，大约有五六种，只有一种我能叫上名字：紫竹。他种了几棵紫竹，

花园巡阅使

紫竹的颜色是紫色的。我是第一次见紫竹,在如此近的距离。我惊讶不已,围着那几棵紫竹转了好几圈儿,还用手轻轻地抚摸了紫竹。

我上小学的时候,是学校宣传队的,学校的乐器室,我很熟悉。非常可惜的是,笛子、二胡、风琴,我一样也没学会。我只是个演员,演得几乎全是坏人。像我这样羞怯、胆小、老实得一塌糊涂的人,却把坏蛋演得惟妙惟肖、栩栩如生,因此也被误认为是个调皮捣蛋鬼,给大家留下了不是个好学生的印象。人生的误解,有时候会给被误解者造成很大的伤害,就像那个俄罗斯诗人叶夫图申科童年在学校的遭遇一样,所有的坏事大家都会认为是他干的,因此他被学校开除了。

我看到紫色的竹笛,不亚于看到外星人那般惊讶。我问音乐老师,这上面是不是被漆成这种颜色的,音乐老师笑眯眯地说:"不是,那是竹子本身的颜色。"我不相信,还悄悄用指甲在笛子上划拉了几下,发现并无漆皮脱落。我相信了音乐老师的话,相信这个世界上有紫色的竹子存在。

邻居大哥栽种的竹子,都是幼苗。望着清秀的竹子,我心里暗想,也不知道它们何年何月才能长大。我恨不得施个魔法,让这些竹子

那片竹林

一夜长大,让我好好看看它们长大的模样。我这样心急火燎的性格,倒是适合养花花草草,这可以磨炼我的性格。邻居大哥看出我焦急的样子,安慰我:"竹子呀,长得快,繁殖快,来年就成一片啦。"

果然,善解人意的竹子,哗啦啦就长成一片了。密密麻麻,都长得两米以上高了。风一吹,哗啦啦的竹叶的碰撞声,好像金属碰撞的声音一样。但是,可怜了竹子之中的核桃树、无花果树、杏树,它们为了抢夺阳光,也一个劲儿疯长,好家伙,它们也快变成了竹子。它们不往粗壮里长,可着劲儿向高处生长,仿佛要当时装模特一样,树身纤细得让人心疼。唉,植物的竞争也很残酷啊!空间争夺、阳光争夺,使得它们不能够自然生长。

那片小小的竹林,挡住了一楼的视线。站在马路边高高的人行道边上,翘首也看不见邻居大哥家的窗户。密不透风的竹林下面,几乎没有别的植物能够生长,地上尽是竹子的落叶,细细的,长长的,蜷缩着,发白,像是睡着的小精灵。竹子的繁殖速度很快,有的都长到栅栏外的树坑里了。

我想挖几棵,邻居大哥热情地说:"尽管挖,挖多少都可以,那么多呢。"

花园巡阅使

　　尽管邻居大哥很爽快，我也万分谨慎。我移栽过不少植物，成活的很多，但死掉的也不少。活了，高兴；死了，总是懊悔。真有点"早知今日，悔不当初"之感。为了保证移植成功，我在大槐树旁边、水渠边、两个大花盆里，都栽上了竹子。令人开心的是，它们都活了。我没想到的是，竹子的根坚硬如铁，截断它颇费力气。一节一节的根系，像是筋骨一样。也难怪，无论多么大的风，都无法撼动它的根。竹枝的柔韧性极好，无论狂风暴雨多么猛烈，都休想动它分毫。看来，古代的文人喜欢竹子，是竹子的品质极好的缘故。

　　天有不测风云。去年冬天，北京突然遭到多年不遇的寒流，邻居大哥的竹林一下子枯萎了、凋敝了，满眼都是令人伤心的枯黄色。我移栽的几棵，也惨遭厄运。哎哟，竹子也不耐寒啊。我突然开始怀疑古代的文人是不是搞错了？邻居大哥疼在心里，嘴里却嘟囔道："哎呀，太冷了，太冷了。不过，竹子死不了！"他虽然那么说，但一点儿也没信心。实际上，在他心里，那一片竹林，已经死掉了！

　　今年的春天一来，那些干枯的竹叶，竟然慢慢泛出新绿了。就像知了脱壳一样，干枯的叶子一点儿一点儿地往下掉，新叶一点儿一点儿往外冒。竹子没死！邻居大哥突然变得自信起来，声音也高

那片竹林

亢起来:"我就说嘛,竹子死不了!"

有一天,我突然发现邻居大哥把竹子几乎挖光了,我心疼不已。他对竹子喜爱和痴迷的程度都曾令我惊讶不已,所以他的这一行为让我无法理解。我问大哥为什么要挖掉竹子,邻居大哥说:"不要了,长得太疯了,繁殖太快了,谁要谁去挖吧!"

我还是喜欢竹子,又在大花盆里种了几株。

雨后的蜗牛

北京的雨水,今年似乎比往年要密集得多。窗外的植物,长得也格外茂盛。

我是喜欢雨的,无论在北方,还是在南方,如果不是瓢泼大雨,我一般都会在雨中漫步,享受雨滴的敲打、触摸。

那是一种惬意的、带有无限欢乐的享受。

但是,它也是我烦恼的原因之一。只要雨一停住,我便会迫不及待地来到窗外,带着厌恶的、愤怒的情绪,在花花草草的叶片上寻找小蜗牛。

在童年,在乡下,我见到蜗牛,总是很惊讶的,我不知道这些小家伙是怎么生长出来的,吃什么东西。那坚硬的外壳,以及外壳上面的花纹,给人一种赏心悦目的感觉。尤其是外壳上的花纹,会

雨后的蜗牛

令人想起时尚的服饰上的色彩与线条。它们看起来很新潮，很洋气。

我在诗歌、童话、歌曲中，都与小蜗牛相遇过。我相信，那些用文字、用旋律、用色彩塑造的小蜗牛，都是美好的、亲切的、自然的。但当我了解真相之后，一切与小蜗牛相关的美好感觉都突然土崩瓦解了。

我发现，小蜗牛是靠吞噬嫩叶和嫩芽为生的。

有一次，雨后，我走进地里，发现许多花草的叶子都七零八落的，尤其是蔷薇的嫩叶、万寿菊的小叶子，被什么东西吞得干干净净的，我以为是小青虫，其实，小青虫也是罪魁祸首之一。但我在光秃秃的枝叶上，没有看到一只小青虫，我看到的是一只一只的小蜗牛，结结实实地黏附在花草的枝干上，有的，还露出小触角，兴奋地吞噬着嫩叶。小蜗牛吞噬的动作，需要在非常近的距离，需要睁大眼睛平心静气地观察，才能够看清。

我几乎是怒不可遏了，数盆万寿菊，还没有开花，叶子就被吞个精光，原来是小蜗牛干的。养一盆花多不容易啊，从种子发芽的那一刻开始，就要防止阳光的暴晒、暴雨的侵袭、虫害的滋扰，需要小心翼翼地呵护。谁曾想，还没有等到花朵绽放之时，蜗牛就把

花园巡阅使

这些花儿全给摧残了。望着这些夭折的花儿，我的心似乎也被蜗牛伤害了。

也许是这些蜗牛察觉到危险要来临了，也许是它们感受到了我的怒气，有不少蜗牛，我用手指轻轻一碰，就掉落在泥土之中了，好像是慌慌张张逃走的。所以，我小心翼翼用食指和大拇指捏取趴在花草上的小蜗牛，当手心里积满了，我就把它们丢到远处。

好多蜗牛啊，像蝗虫一样，密密麻麻，无处不在。也许，软体的生物，都讨厌和惧怕炽热而又明亮的太阳吧。在雨停的间歇，甚至在小雨的淅沥中，它们兴奋而又疯狂地伸出触角，爬行、吞噬，肆无忌惮。杏树、香椿树、紫薇，甚至是支撑花朵的干枝上，都爬满了蜗牛。它们像是在惬意地散步，像是兴高采烈地去赴宴，像是酒足饭饱后聊天，总之，这是蜗牛的世界，是蜗牛的天下。

可怜的枸杞，一大丛叶子密不透风的枸杞，如今只剩下光秃秃的枝条了。不可思议，蜗牛的食量惊人。而我的几盆万寿菊，奄奄一息，令人心痛。它们像是在和我做最后的告别。

我生气，我烦恼，但我知道，大自然是很残酷的。雨来了，植物们是欢欣鼓舞的，但蜗牛也来了。大自然对所有的生命都是一视

雨后的蜗牛

同仁的,它给植物以滋养,也给蜗牛以生机。而这些蜗牛,最终又是土壤的养料。

突然,我笑了。我发现,我小心翼翼地把蜗牛放在手心的时候,多么像我收集种子的动作。如此一想,我的烦恼顿时消失了。

翠菊、马齿苋、苋菜及其他

看到社区别的人，用抽水马桶的水箱做花盆，我好奇，又感叹：人，真的是太聪明了。

这虽然不算是个发明创造，至少也算是废物利用。生活中的有心人，运用自己的智慧，给生活增添了色彩。

我也搞到了两个抽水马桶的水箱，四条腿儿，白色的，陶瓷材质，猛一看，真像古代的鼎或者香炉。我把它们放在窗台下，填上土，两个别致的花盆就做成了。

从春天开始，我就往花盆里撒上了翠菊的种子。起初，密密麻麻的翠菊，一大片，它们只露出两片叶子，探头探脑的，好奇地打

翠菊、马齿苋、苋菜及其他

量着周围的世界。当它们觉得没有什么威胁和危险时,这才放心大胆地开始生长。天空,太阳,大树,小鸟,都在向它们微笑。

幸亏是在特殊的花盆里生长,如果把它们放在野生的青草丛中,我很难把它们辨识出来。在幼小的时候,它们和荠菜、蒲公英什么的,没什么区别的。如同人的性格、人生观、外貌一样,都是到一定阶段的时候,才彻底定型的。那个时候,我们才能辨识。

靠在墙根,靠在窗台下,太阳一出来,就能晒到小家伙们的身上。绿油油的叶子上闪着太阳的光芒,好像是翠菊冒出来的油一样。也许,她是羞怯的;也许,她是快乐的。反正她给我的感觉就是如此的。因为光照比较强,经过一上午的暴晒,花盆里的土都干透了,用手指轻轻一抠,干土就松开了。到了下午,我用水浇一次。差不多每天浇一次,有时候浇两次,视太阳光照的强度和花土的干湿程度而定。

很快,我就发现它们长得太密了。间苗,每个花盆里保留五六棵,其余的移栽进绿地里。奇怪的是,两个花盆里,又长出了其他植物。一盆里长着野苋菜,另一盆里长着马齿苋。犹豫再三,我把它们保留了下来,而没有当作野草除掉。

花园巡阅使

其实，天下的草都是野草、杂草，只不过我们根据自己的需要，将它们分为主次来进行取舍。能保留的，便是正规军，享受格外的关注和宠爱；之外的，便是杂牌军，自生自灭好了。翠菊是我自己播种的，它们是野生的，自然可以视为野草和杂草了。不过，野苋菜和马齿苋，都是可以食用的草本植物，我自己也享用过，所以，才不忍心拔掉它们。我知道，还有一个原因，这个原因是基于我对植物的了解和观察，虽然我并不能做出科学的解释。我发现，植物也像人一样，也是渴望朋友，渴望和伙伴们在一起的。

它们像朋友、像兄弟一样，喜欢在一起，或者窃窃私语，或者在风中一起跳舞、摇摆，想必还在唱歌吧。

它们一起生长，像是比赛一样。我觉得这就像血缘中的东西一样，尽管它们并没有相同的"血缘"。

翠菊一直是向高处生长的，马齿苋通常是平铺着生长的，但在花盆里，马齿苋却是直溜溜地向上长。我知道，这是阳光带来的一种必然，但它们之间也是相互影响的。我相信，气息奄奄的植物旁边，是长不出茂盛的野草、杂草的。野苋菜，长得比翠菊更引人注目。我不得不打掉野苋菜的顶，压抑一下它疯狂生长的势头，以免它夺取翠菊的阳光。

如今,翠菊已经长到我的小腿那么高了,墨绿墨绿的,闪着油光。野苋菜和马齿苋夹杂其中,小心翼翼的样子,生怕引起我的不高兴,把它们当成杂草和野菜除掉。

宝莲灯

是谁寄来的书画作品？

收到两份快递，长条的，用纸壳包装得严严实实的方形包裹。第一个念头，想的是书画界的朋友寄来的书画作品。包装很专业，不容易被损坏。

用剪刀打开，扑棱一下，一片叶子冒了出来。哎哟，是花卉。

山东青州的朋友寄来的两盆宝莲灯花。

宝莲灯实在是一个惊艳的名字，太形象了。各种花卉，我倒是很喜欢民间的名字，它们不像植物学家们取的学名，抽象，一点儿也不美妙。民间的名字，是艺术，是形象，一般来说都能给人美妙的遐想，而且还能透露出花卉的某些具体特征。

比如说，宝莲灯。

宝莲灯

宝莲灯的学名叫粉苞酸脚杆,听起来像化学药品的成分。人们也叫它珍珠宝莲、美丁花、宝莲花,但称宝莲灯最美妙,使用频率最高。它的原产地是菲律宾、马来西亚、荷兰等地,我这两盆属于荷兰的引进品种。宝莲灯属于野牡丹科,是野牡丹科里最高贵、最漂亮的花卉。

第一次见到宝莲灯花,有一种惊艳的感觉。不知怎的,我突然想到世界名牌的包。它深陷的叶脉,格外醒目,像是名牌包上的针脚一样。叶片宽大,像我这种在乡下生活过的人,只能从大大的柿子叶上联想。不过,它的叶片比柿子叶要大得多,没有柿子叶的光泽。它就像磨砂玻璃一样,深邃,似乎隐藏着诱人的秘密一样。科普知识介绍,它的叶子属于互生,而我现在也区分不了互生和对生的形状。

在青州时,送我花卉的朋友帮我挑选这两盆时说,这两盆已经四节了。这个节,类似于楼房的楼层一样。它所有的叶子,都是向两边摊开生长的,就像舞蹈演员摊开两只手掌一样。这种花卉形态十分优美,叶子大,花蕾更是硕大。那将开未开的花苞,就像婴儿一样,香甜地睡在叶片上面,好像在做梦一样,令人惊叹。花苞只有在开放以后,才从叶片上垂下来,倒挂在叶片下面。

花园巡阅使

　　粉红色的花瓣，像荷花花瓣一样，只不过它比荷花的花瓣略小一些。它倒挂的形状，像风铃，像倒着盛开的荷花。如果用灯来形容，宝莲灯是再恰当不过了。花瓣三层，点点的花苞像是珍珠，又像是繁星点点，格外漂亮。

　　宝莲灯是很娇贵的品种，说好养，很容易养；说难养，的确难养。它需要阳光，但不能直射；需要水，但不能常浇，而且，需要用矿泉水浇灌；通风要好；要保持湿度。花期很长，给人的感觉，像是雕塑一样，可以长期欣赏。其实，没有花，叶子也是极有观赏价值的。

　　在青州时，我一眼就喜欢上了宝莲灯。朋友要送我，我很不好意思，怕价格昂贵。朋友说，在网上，一盆可以卖到六七百元。朋友慷慨，让我内心很是感动。这个朋友，是朋友的朋友，他以前在北京做生意，因为疫情，回青州了，开始在网上销售花卉，很有名气，经常有电视台请他去做直播，做节目。

　　在青州，我没有去欣赏青州的古城，没有去寻访它悠久的历史痕迹，而是直接去了黄楼镇，参观了江北最大的花卉市场。据说，这里的花卉交易额，每年可以达到上百个亿。我感叹，看来人们对美的追求越来越高了。普里什文曾经说过,天堂的模样,就是人间花园的模样。人人拥有花园,那是不可能的事,但人人家里都养几盆花,这倒不是什么难事。

宝莲灯,是神话,青葱在人们的想象之中。

宝莲灯花,是人心灵的神话,郁郁葱葱在现实生活中。

雨中百草园

六点钟。透过窗户一看,天空灰蒙蒙的,小雨霏霏。

突然,我发现一株凤仙花直挺挺地躺在地上,朝阳的绿色叶子全部翻卷过去,映入眼帘的是银白色的叶子背面。

我一惊,是不是楼上丢什么东西,砸在凤仙花上面了?仔细一看,又不像,因为它的根须都暴露在外面了。虽心疼,但也忍不住笑了。这家伙,真像一尾鱼,露出了鱼肚白。像是故意撒泼耍赖一样,装死。不管是悲伤也好,悲壮也好,悲催也罢,如不及时抢救,它可就真的要和兄弟姐妹们"拜拜"了。

冒着雨,我拿着铁锹和一些细绳子,冲进了百草园中。

秋天一来,雨水充足,这些花花草草疯狂地生长。紫苏的叶子,地雷花的花枝,差不多遮盖住了我留的小路。

雨中百草园

近日来,北京的雨水格外地丰沛。倒伏的不仅仅是这一株凤仙花,一些鬼子姜也东倒西歪,不少地雷花也倒伏在地上。一幅悲惨的景象。电影看多了,尤其是战争影片看多了,见到我的花儿们,就想起电影中溃败的士兵们,惨不忍睹。

鬼子姜只留了小小的一片,我的左邻,我的右舍,都瞅它们不顺眼,隔三岔五就向我建议铲除掉它们。这些长得有一层楼高的家伙们,我不知道为何会惹左邻右舍那么讨厌。也许,是因为它们长得太疯了吧。大自然的疯狂,大自然的野蛮生长,让人不舒服的原因在哪里?也许,是有些恐惧吧。如同人走漆黑的夜路一样,这是莫名的恐惧。也许,人类喜欢控制大自然,喜欢规律有序,一切都在自己的掌控之下,才舒心,才有安全感。我之所以宁可让左邻右舍讨厌,也不愿意铲除它们,是因为我惦记着远在福建的朋友。她喜欢鬼子姜,我打算等鬼子姜收获之后,给她寄一些呢。虽然这些东西很不值钱,但毕竟是自己种植的,有深深的、浓浓的情意在里面。

连日来的大雨、小雨,把土质不好的土壤渗得透透的,鬼子姜根须又不深,所以倒伏非常正常。但它又高又大,一倒伏,枝叶就全部压在别的花朵上面了。月季、扶桑、勒杜鹃、紫苏,都在鬼子

花园巡阅使

姜的威胁之下。好在这些鬼子姜还没有彻底倒在地上，所以，并没有伤到别的花卉。地雷花的倒伏，我倒不在意，因为它们无论怎样倒地，花朵照样盛开，死不了。前些年，有一株地雷花，长得超级大，几乎要三个人才能合抱过来，花茎比我胳膊还粗，意外被北京大风吹劈了，几乎成了两半，但它们照样开得繁星点点，生命力极其顽强。

大多数的草本植物，都是一年生的。除了种子孕育新的生命之外，它们原来的根须，又会生长出来小苗。二月兰算是最典型的了。薄荷、藿香、紫苏、地雷花，莫不如此。第二年，只需要间苗就可以了。

百草园内的蚊子多不胜数，我一进去，一大群蚊子就欢天喜地向我狂奔而来，似乎，我是来喂养它们来了。这些小小的家伙，生命力顽强得令人惊讶，无论多大的雨，都不能把它们消灭干净。而霏霏的小雨，对它们来说，无疑是浪漫的诗歌和音乐。想想多少流行的歌曲，都适合它们此刻的心情呀，它们也喜欢时常漫步在小雨里，它们也有潮湿的心。但它们更喜欢美食吧，这种热情比我们现在的小青年有过之而无不及。我忍不住哈哈大笑，想到自己是它们的大餐自己不笑都不行。我不怕它们，因为我有疗伤的良药：风油精。神奇的风油精，治疗蚊子叮咬后起的小包太管用了，涂上，不出几分钟小包便了无痕迹。无论是清凉油，还是风油精，去南方，去草原，去大山旅游，这两样东西可是必备的宝贝。

我把鬼子姜用细绳一束一束捆好，把倒伏的凤仙花扶正，培土，用一根竹竿支撑。那些倒下的花卉，都被我扶起来了。突然之间，密密麻麻的百草园，密不透风的百草园，竟然有了开阔的地方。有的花卉，还可以移植，真好。

小雨霏霏，我心欢喜。劳动的喜悦，犹如雨滴清澈晶莹。

茑萝松

茑萝，又名茑萝松。

第一次听到这个名字，有一种惊艳的感觉，好像这个词是从烟雨江南、宋词小令中飞出来的，好像是从风景画家的画布上跑出来的。以我个人几十年的乡村生活经验来评价，就是觉得它很洋气，给人一种耳目一新的感觉。

令我想象不到的是，它的原产地竟然是墨西哥。看多了西部片、警匪片，实在无法把茑萝松和墨西哥这个生长仙人掌的地方联系起来。也许是电影里的风景骗了我，也许是我并没有真正看到适宜这种植物生长的环境。

最初发现茑萝松这种植物时，我并不知道它叫茑萝松。一个午后，我在小区里一片杨树林里漫步，那儿的野草长得很茂盛。我喜

茑萝松

欢野草，因为它不需要人任何的关注和劳作，自由生长，全然比我们呵护的花花草草长得更健康，更富有生命力。它们绿得发亮，绿得欢欣鼓舞。

突然，在茂密的草丛中，我发现了一种形状很特别的植物。它一寸多高，线形的叶子，细长，如丝一样，很像丝织的镂空的工艺品。我很惊讶，与众不同的东西总是能给人一种惊喜和震撼的力量。我小心翼翼地把这几株植物挖出来，移栽在自己的花盆里，放在窗户外面。我很想知道它长大的模样，更想知道它是什么植物。不得不承认，网络纵然有种种不足之处，但它给人提供了获取知识的便捷渠道。

我知道了，它叫茑萝松，是旋花科一年生缠绕草本植物。缠绕草本植物，我见得不多，牵牛花是人所周知的。但我不知道，有什么缠绕草本植物，能比茑萝松更柔弱、更纤细，也许，比它更显得娇弱无力的草本缠绕植物很少吧。那些茑萝松的叶子，像是在空气中飘浮着的羽毛一样，轻飘飘的没有一点儿重量，尤其是微风吹拂的时候，感觉它都快要飞起来了。

茑萝松的叶子虽然很细小，但是中脉深陷的痕迹还是清晰可见

花园巡阅使

的。这种植物很容易触动人心灵柔软的部分，犹如人们看见婴儿一样。小小的生命，惹人爱怜。好在它的根也很小，用小小的花盆就可以栽种。茑萝松喜欢光，但不能暴晒。暴晒下的茑萝松的叶子，会软塌塌地耷拉下来。茑萝松细长光滑的蔓生茎，虽然柔软得一塌糊涂，但它的攀缘能力很强，一旦缠上窗户的护栏，那就牢不可破。无论北京多大的风，都休想损伤它一根汗毛。看来，大自然中的生命，都被赋予了顽强的品格，只不过它们顽强的一面常常不被人发现罢了。

　　茑萝松如此娇弱，但它的需求却很简单。它像野草一样，极容易养活，除了每日浇水，在它的生长周期仅施一两次肥便可以了。换句话说，几乎不用操什么心，人人都可以种养。

　　茑萝松的花朵是五角星形状的，非常漂亮，颜色鲜红，像人们盖章用的印泥的颜色一样。和别的花不同的是，它的花柄出奇的长，长度达0.9~2厘米。叶子的长度为2~10厘米。因为花柄较长，给人的感觉好像这些花并不长在叶子上面一样，好像是悬在空中。如果有风，花朵摆动，真像星星在移动一样。它们在飞，它们在舞，妙不可言的感觉。美好的东西，总是会带来葱茏的诗意和美妙的

茑萝松

想象。

茑萝松的花朵，在秋天格外醒目。虽然星星点点，犹如点缀，但它却总能吸引人们的目光，从而成为周边植物的中心。每天早晨，花儿绽放；每到晚上，花儿会自动闭合。植物也有自己的作息时间表。

茑萝松给了我小小的灵感，我写了一首小诗：

五角星花

一封写给星星的信
从四月就写好了

等待绿色的丝线
送传到七月里来

缠绕吧
把信扎得像松树一样好看

太阳出来的时候

花园巡阅使

贴上鲜红的

像五角星一样的邮票

天黑的时候

星星们就收到了

满天的星星哟

都在静静地读信

　　茑萝松的另一个名字,我更喜欢——五角星花,因为它形象,更因为它富有大自然的气息。但我不得不提醒一下喜欢花卉的朋友,五角星花和五星花并不是一回事。其实,把它们放在一起,差异是非常大的,但从字面上的意思看,容易让人产生误会。所以,纸上得来的东西,终究是浅了一些。

打碗碗花

打碗碗花,是我的幸运花。

在乡下的田野上,到处都开着粉红粉白的打碗碗花。那一枚枚花瓣,像是一只只小碗一样,漂亮极了。

打碗碗花是攀缘植物,叶子是细长的。虽然它看起来弱不禁风,但攀附力极强。所以,无论是狂风还是暴雨,对它都是无可奈何的。

我喜欢打碗碗花,是因为它是猪的好饲料,猪特别喜欢吃它。打碗碗花的汁液是乳白色的,想必它对猪而言,像是奶制品一样吧。我喜欢这样想象。

每当我打了满筐的猪草回家,父亲看见草里有打碗碗花,总会咧嘴一笑,美滋滋地说:"哎呀,好草,猪会上膘的。"父亲的表扬,总是让我得意非凡。打碗碗花看起来一大片,但是割下来装进

花园巡阅使

筐里,却只有可怜的一点点。

我从父亲那里知道了它的另一个名字:哭哭碗。我很好奇,它为什么会叫这么一个不可思议的名字?本来,它也叫碗碗花,这个还是容易理解并被我接受的。我不清楚我的故乡的人们,为何叫它哭哭碗?

我猜测,可能有一个关于它的故事或者传说。我也相信,一定有一个关于它的故事或者传说。只是,大人的脾气都是很火暴的、不耐烦的。就像天叫天、地叫地一样,你要问它们的由来,那只能是自讨苦吃,自找没趣。如果我追问原因,父亲会恼羞成怒地呵斥我。

打碗碗花,在麦田里比较多。在田埂上、土埝上,随处可见,好像南方、北方都能看到这种植物。按它的形状,叫喇叭花也是可以的,但我们日常里说的喇叭花一般都指牵牛花。

哭哭碗,好一个悲情的名字。有时候,我打猪草的时候,会突然凝视打碗碗花,产生一种悲伤的情绪。也许是它的名字触动了我的情绪。无论是看见花瓣里的露珠,还是看见花瓣里的蜜蜂,我总想找出一点儿悲伤的蛛丝马迹,但我是徒劳的,因为,它看起来是

打碗碗花

那样快乐，没有一丝悲苦的样子。

这个故事或者传说，只能是一个无解的谜，永远没有答案的谜。

二十世纪九十年代初，山西的《小学生拼音报》、希望出版社、中央人民广播电台联合举办"第一届全国微型童话大奖赛"，我写了一篇童话《打碗碗花》参赛，没想到获得了二等奖第一名。为了保证评奖的公平和公正，所有稿子都隐去了作者的名字。等评奖的结果出来，却大大出乎评委们的意料，名不见经传的我排列第一名。

评奖的设置是，一等奖一名，二等奖两名。因为我当时还是个大学生，所以，报社变通处理了一下，一等奖空缺，增加两名二等奖，计划在中央电视台举办的颁奖活动也取消了。

一九九〇年的时候，五百元是一个不小的数目，差不多可以算是一笔巨款了。一个学期的生活费，都用不了五百元。当时，我是和另一个关系要好的同学一起去邮局取奖金的。那一天真巧，只有五元面额的票子。五百元，厚厚的一摞。我随手装在裤袋里，搞得我的同学紧张极了。

我和几个同学一起看了几场录像——香港的武打片。我请客。

录像结束后，大雨瓢泼，我揣着裤袋里一大沓奖金，和几个同

花园巡阅使

学一路狂奔回到了宿舍。

打碗碗花，是我的幸运花。主评委洪汛涛先生说，这篇童话汲取了民间故事的写作特点。

打碗碗花

田野上，开满了粉红粉白的碗碗花，像一只只美丽的小碗，十分好看。她喜欢撒娇，嘴里老嚷嚷着："我要我要我要！"

"要什么呀？"夜婆婆微笑着问，给她的碗里放了一颗露珠，晶莹晶莹的。

"——我要我要我要！"

"要什么呀？"太阳公公严肃地问，给她的碗里放进一缕阳光，很暖很暖的。

"我要我要我要！"

"要什么呀？"月亮姑姑笑着问，给她的碗里放了一颗星星，闪闪发光。

打碗碗花

"我要我要我要!"

碗碗花收到很多很多珍贵的礼物,她老是不满足,一直嚷着要、要、要。

后来,风姨姨生气了,一巴掌打翻了小碗,礼物都掉到了地上。从此,打碗碗花的名字,也就被人叫开了。

起初我并不清楚,我为什么会写出这样的一篇童话,后来我才想明白,这是因为童年一直找不到打碗碗花的故事和传说——也许永远找不到了——所以自己才以童话的方式,想象和构思了这个故事。也许,它和真正的故事与传说相去甚远,但至少是有了一个关于它的故事。

龙葵

龙葵。学名。

黑星星、野海椒、石海椒、野伞子、悠悠、黑天天。别名。

小时候,我们管它叫野葡萄。没有大人告诉我们它的名字,我们就把它称呼为野葡萄。也许是因为它的浆果是圆圆的、甜甜的,像葡萄的缘故吧。

龙葵,在北方的乡下,随处可见。在南方的马路边,我也曾经遇见过它。每一次看见它,都有一种久违的亲切、久违的激动、久违的欣喜。

龙葵的叶子是心形的,或者是卵形的,墨绿。龙葵分枝比较多。很奇怪的是,我和小伙伴们不约而同地都没有把它归为猪草,谁也说不上来是什么原因。我猜想可能是敬畏之故吧,毕竟,我们称呼

龙葵

它为野葡萄嘛。很多年以后,我才知道它是一种中药材,有微毒的。

植物学上的植物,是复杂的,相似的品种太多了。依我个人的经验,野葡萄,恐怕是指山葡萄。山葡萄如同山杏一样,和我们人工培育的品种相比,一是特别小,二是不好吃。山里人几乎是不吃山杏的,只取杏仁。如果要吃,也是把它晾干,但不是干得彻底的那种,做成杏干,然后裹在馒头里,蒸熟了吃。那时候,小麦磨成的白面是吃不上的,人们通常吃粗粮。加上杏干以后,馒头有点儿像点心一样,或者说像加上了一道小菜一样,让粗粮馒头不那么难以下咽了。经历过那些艰难岁月的人,尤其是在乡下长大的人,可能一辈子都不愿意品尝粗粮的馒头,不像现在的年轻人,把粗粮当成时尚的美食来享受。粗粮是生涩的,在喉咙那里打转转,就是不愿意滑进胃里。小时候嗓子被噎住了,被卡住了,眼泪掉出来了,吃粗粮的乡下孩子几乎都有过类似的体验,记忆深刻。

山葡萄,我曾经在深山里见过。叶子、老藤,和我们人工培育的葡萄是一模一样的,就是叶子和果实小一些。成熟的时候,一律是黑色的。当时,在深深的峡谷里,看到像山下的麦秸垛一样高一样大的山葡萄藤时,我震惊了。这是长了多少年啊?估计长成这么

花园巡阅使

大，是因为在这座山上，只住了舅舅一家人，没有人去采摘。大自然野蛮的疯狂的力量，的确会让人震惊。成熟的山葡萄是甜的，但没有绵长的回味空间。

龙葵开的是白色的小花，很朴素，很安静，但还是能被人一眼看出来。当它结出绿色的浆果时，反而很隐蔽了。这是色彩反差和同色造成的视觉效果。还有，果实挂在枝叶下面，不引人注目。当我们弯腰打猪草时，才能清晰地看见那些浑圆的小果实。绿色的浆果并不大，像自行车车轴里的滚珠一样，圆润，可爱。

我和小伙伴们都知道龙葵能吃，有一点点甜味儿。我个人的感觉，和蓝莓的味道差不多。只可惜里面并没有什么果肉，尽是比芝麻还要小得多得多的籽粒。我们"吸溜"一声，只吸一口汁液，把薄薄的皮儿就吐掉了。有时候，我爱胡思乱想，遐想远古的人们可能也是这样从大自然中寻觅果实的吧。

龙葵在花园里，多半会被城里人当作野草除掉，毕竟，它不是观赏类植物，而且，它的分枝比较多，叶子又茂密，很占空间，所以，被清除掉是自然而然的事。但我舍不得除掉它们，留一小块儿地方任其自由生长。

它像儿时的伙伴一样，让我觉得熟悉、亲切。

我留住的，更多的是童年，是童年的记忆，还有那一份对故乡的深切的眷恋。

苘 麻

一株小小的苘麻，从地里冒出来的时候，我并不年轻的心脏很年轻地跳了几下，犹如儿时在麦地里发现了一株小小的杏树或者桃树一样，惊喜，快乐。

看到一些熟悉的植物，总觉得童年不远，故乡不远，村庄不远。岁月的年轮上，到处都留有幸福的小点缀。我不能否认，这些幸福的标记就是熟悉的植物带来的。它会唤醒记忆，唤醒往事。重视感情的人，都具有这种优良的天性。

苘麻，几十年来，我一直不知道它的名字。我的长辈和我童年的伙伴，也不知道苘麻的名字。它只是我在童年里随处可见的一种植物，或者说是野草而已。不过，我们知道它的果实能吃，那个像齿轮一样的果实，很别致，很独特。当它长到百分之六十的成熟程

苘麻

度，就可以吃了。当完全成熟的时候，它反而不能吃了。

苘麻是野生的，并不是我种的。不知道是哪一阵风吹来的，不知道它是哪一只小鸟衔来的。它熟悉而又独特的样子，被我一眼就认出来了。心形的叶子，细密的茸毛，很奇怪，它的绿，从来都不是那种发亮的绿，也不是那种几乎泛黑的绿，而是带着一种黄色的绿，从幼年到成熟，始终都是那种绿中泛黄的颜色。也许，它是羞涩的、羞怯的，如我的性格一样。

我从来没有认真观察过任何一种植物，从发芽到结果。自从我在窗外开始种花花草草，我就开始观察植物。目睹一株植物的生长过程是幸福的，这种喜悦来自对生命的膜拜，对大自然的膜拜，是一种难得的体验。其实，这也是一个世界，和人类世界没有什么不同。有时候，我觉得它们比人类更深邃。大自然是一本神奇的书。

苘麻的苘字，我是翻字典才认识的。汉字的博大精深，丰富繁多，学了中文以后才知道。读错一个字，写错一个字，太正常不过了，无论你是多大的学问家。我不是耻笑他们，而是深深地理解他们。其实，这一生，有几个人能把汉字认全、写全呢？但这不是我们自我原谅的理由，更不是不学的借口。我翻了很多次字典，才深

花园巡阅使

深地记住这个字。

苘麻是安静的、羞怯的、不张扬的。它从不掠夺别的植物的生长空间，就在那里安安静静地生长，没有什么奢求，对土壤和水的要求也不高，不挑剔，很容易存活。那细细的茸毛，像是遮蔽自己的心事一样，只有在强烈的阳光下，才能看见，平时，看到的是像蒙上一层薄薄的雾或者纱一样。

它小小的黄花，五瓣的，也是安静的、羞怯的，像是没有出声的笑。

它很不善于和别的植物争抢，在高大的紫苏丛中，它只是努力让自己长得高些。但这份努力是艰难的，甚至是会失败的。紫苏的茎，比它的茎要粗壮得多。紫苏的叶子，比它繁茂得多。所以，它只能歪歪斜斜地向上生长。丰沛的雨水，紫苏的挤迫，让它无法笔挺地生长。我将它扶正、加固了好几次，但它依然是歪歪斜斜的。

我并没有为它做什么，因为我知道，在田野上，它们从来不需要人为它们做什么。我唯一所做的，就是没有把它当成野草除掉。

在乡下的时候，我曾经想过，它可能是一种中药材。非常有趣的是，在我认识的有限的所有草木中，它们无一例外的都是中草药。

苘　麻

也许，在这方面，我们显得太富有了，富有得让人不敢相信这是真的。我相信植物们，我相信中医，但我绝不反对别人的质疑。这个世界不能只有一种声音，不能只有一种色彩，否则，这个丰富多彩的世界就变成了单调的乏味的世界。

令我惊讶的是，苘麻的茎皮纤维是白色的，具有光泽，可以用来编织麻袋、绳索、麻鞋等。我在乡下见到的麻袋、绳索是这种苘麻做的吗？不可思议。事实是，用它编织麻袋、绳索，如同在页岩中提取石油一样，劳动的成本太高，所以它被别的更好的材料取代了。据说，它的种子可以做油料的，但它不能做食用油，而是做工业用油。我在吃它的果实的时候，那种香味儿很清淡，它不像紫苏、芝麻那样芳香。植物的特征，在很多方面，都会展现出它的用途。

这株苘麻，齿轮一样的果实，有的已经变黑了，已经成熟了。它歪歪斜斜地长在紫苏们的中间，安静地。

我想，明年，我一定给它留一个从容生长的空间。

三棵石榴树

窗台外面，有三棵石榴树。

一棵是三楼的大哥种的，其实，也不算他种的，他说当年他吃石榴，把石榴籽丢在楼下的绿化带里，没想到，长成了一棵石榴树。从理论上说，又是他种的，只不过是无心之举罢了。这么一长，很多年过去了，每年都开满树的石榴花，每年都结很大很大的石榴。

我没搬来之前，窗外的公共绿化带，基本上是垃圾场，楼上废弃的垃圾都往下面丢。我住一楼，绿化带又在我家窗外，而我又是一个喜欢种植花花草草的人，所以，我开始种植花卉，这么一来，没有人好意思再往楼下丢垃圾了。根据社区物业规定，或者说默认，一楼住户可以利用自家窗外的绿化带进行种植。所以，我这种合理又合法的爱好开始充分发展。

三棵石榴树

  其余两棵石榴树,挨得很近,像一对好兄弟,与三楼大哥种的那一棵石榴树正好东西对峙。但是,这两棵是无主之树,不知道是谁种的。令我惊奇的是,它们三棵大小都差不多,像是同时种下的一样。这三棵高度相似的石榴树,引起了我无尽的遐想。每年石榴开花时节,我心里都会产生极度的舒适感和惬意之感。石榴花太红了,红得像火一样,因为周边的植物太多,它不能更好地施展它火红的魅力。石榴叶子,绿油油地闪着光,恰如其分地演绎了红花绿叶这个词语。

  很奇怪的是,三楼大哥种的那棵石榴树,果实苦涩至极,根本无法食用。明明是甜甜的石榴的籽,却种出一棵果实又苦又涩的石榴树。我诧异,问楼上大哥,他大笑,他也不知道是怎么回事。大自然真是神奇。另外两棵石榴树,有一棵是结甜石榴的,但我从来都没有采摘过,任其成熟坠落,或者悬挂在树枝上。遗憾的是,人行道上,栅栏外,社区种的又粗又高的槐树,枝叶太繁茂,几乎遮蔽了或者说占据了我窗外绿化带里所有的高空的空间,我种植的各种花卉不能充分享受到阳光的照耀。楼上大哥对我说,那棵石榴树,如果觉得碍事,把它砍伐掉算了,反正结的石榴也不能吃。我说那

花园巡阅使

可不行，我要留着，它的石榴花太漂亮了。而且，那石榴虽然不能吃，但又圆又大的石榴挂在树枝上，还是挺好看、挺诱人的。

我喜欢石榴花，可能是源于童年的乡村生活的体验吧。我们乡下，几乎家家都有几分地大的院子，村民们喜欢种三两棵树，或者五六棵树，总之，有一两棵可以食用的果树，比如说，石榴树、枣树、苹果树、桃树、杏树什么的，但石榴树是极少的。而且，这些果树，都不会超过两棵，这些都是给孩子们留的。他们更喜欢种泡桐树、榆树、香椿树，种这些树的原因很简单，或者是容易存活，或者是长大可以做木材，或者是为了好看，风景点缀。可以这么说吧，没有一户人家的院子里没有一棵树。乡村的人有朴素的审美意识，这种审美意识又无法用语言表达，如同日出日落一样，没有人从自然科学的角度去诠释它。四季变换，树木衰荣，时间像一条河流一样从树木的身边流过。树木生机勃勃的样子，总是能给人带来欢喜。而花开、结果，给人的又是一种收获的喜悦。

乡下的院子空旷，人们不喜欢把树木种得太拥挤，他们给每一棵树都留下了从容生长的空间，每一棵树都能充分享受到阳光的照耀。乡下的空气是清新的，天蓝得发亮，白云也轻柔得像棉花一样。

三棵石榴树

这时，石榴树开花的话，那种美真的无法用语言来形容。它就像一幅画，像一张风景明信片，就像一团一团小小的火苗在燃烧，空中似乎都有它燃烧时发出的声音。毫无疑问，它给单调而又贫困的乡村生活增加了色彩，增加了美，增加了喜悦和快乐，所有的烦心事，都会一扫而空。大自然太洁净了，人们都羞于愁眉苦脸地面对这盛开的石榴花。

秋天以后，三棵石榴树上结的石榴，大而圆，沉甸甸地悬挂在枝头上。果实累累，把枝条都压弯了。社区的行人经过，无不投去羡慕的一瞥。有一天，楼上的大哥对我说："昨天黄昏的时候，有一个人上你的地里去摘石榴了。"我哈哈一笑说："没关系，保证他不会摘第二次了。"虽然每年都有人上地里去摘石榴，但我觉得摘过一次的人，绝对不会摘第二次了。毕竟，摘石榴的人都是为了享用它，如果发现它又苦又涩，怎么会再去采摘它呢？其实，就我个人而言，这毕竟是公共之地上长出来的东西，社区的任何人都有权利去享用它，但是，从另一层面说，公共的东西，任何人都无权据为私有。

今年不知道怎么回事，三棵石榴树像商量好了似的，一起枯萎

花园巡阅使

了，只剩下光秃秃的枝干了。别人窗前的石榴树都开花了，而我的三棵石榴树，依然毫无动静，以至于让我不胜悲凉地猜测，它们死了，我再也看不到石榴开花的美景了，也看不到大而圆的果实了。也许是我的一片不舍感动了它们吧，或者它们还眷恋这个美好的世界，它们开始从底部发芽、长叶。石榴树上面，也开始长叶子。渐渐地，它们复活了。尽管有几乎一半的枝条都干枯了，但毕竟有很多叶子长出来了。

我不知道明年它们会不会开花，会不会结果，也不知道如何处置它们，但另外一份惊喜翩然而至：那攀缘而上的凌霄花，在石榴树上开花了。

最初，我种了几株凌霄花，它们匍匐在地上，我支了几根细小的竹竿，让它们攀缘在竹竿上面。我引导着凌霄花的藤蔓，向石榴树上面攀缘。楼上大哥种的那棵石榴树，非常有意思，第一年，它们只开了两朵花，第二年，开了七八朵花，第三年，也就是今年，凌霄花直接攀上了石榴树，它们一起开花了。我本人动手能力比较差，不会给凌霄搭花架子，更无法做花廊，对我来说，那样的工程太浩大。社区里有紫藤的花廊，也有凌霄的花廊，但这项巨大的工程是我一个人做不下来的，更何况，我也不愿意破坏社区的整体规划。这倒好，因地制宜，就地取材，凌霄长在石榴树上了。这是绝好的花架子。

　　三棵石榴树，即便它们明年全部枯死的话，我也不会伐掉它们，它们是藤蔓植物绝好的生长平台呀！

喧宾夺主

一棵一棵紫苏,像小树一样,占领了窗外那一小片土地。

它们像是占领敌军阵地的士兵一样,趾高气扬,不可一世。

太茂密了。茂密的紫苏形成了一股强大的势力,锐不可当。它们像是在狂欢,像是在庆祝,像是在聚会,像是在跳舞唱歌。

夹杂在紫苏中间的,是百日菊、千头菊、地雷花、翠菊、豹菊、月季……它们委屈,恐惧,喘不过气来。

我一直不忍心除掉它们,本来,我种这几棵紫苏,是作为点缀的。

渐渐地,它们越长越大,越长越茂盛。它们毫无顾忌地疯长,长得令人惊愕。也许,是它们长得太喜人了,生命力太顽强了,我一直犹豫,下不了决心除掉它们。

喧宾夺主

终于，我发现再不除掉它们，我种养的其他植物，很可能厄运难逃。一狠心，一棵一棵把它们拔了出来。

雨后不久的土地是湿润的，两手一用力，紫苏就被我连根拔出来了。它们的根须不深，也不大，就像我爷爷的父亲遗像上下巴颏上的山羊胡子一样。只是，它明明是草本植物，它的茎长得却像木本植物的茎一样。

一捆一捆，我把它们运送到置放草木的聚集地。刚一放下，一群人就围过来了，他们问我："你还要不要？"

我说不要了，他们一拥而上，开始掐紫苏叶子。一边掐，一边热烈地交谈：可以包饺子，可以做汤，可以裹牛肉，可以蒸包子。我很清楚，只是，我种得太多了。

有人感慨地说："多可惜呀，应该让它们结出果实来，它们的果实像芝麻一样！"

我也知道，只是我种得太多了。况且，它们已经喧宾夺主了。它们变成了我的烦恼，变成了别的植物的杀手。

看到那一群欢天喜地掐紫苏叶的人，我突然感慨起来：在我这里是宾的东西，在他们那里却变成了主的东西。

文字也好，书也好，成语也罢，终究是静态的、呆板的，只有在生活中使用之时，它才是鲜活的、流动的、富有生命力的。

七彩椒

我几乎年年都种七彩椒。

我种七彩椒的目的并不单一,有一种非常复杂的情感因素在里面,也许是为了让一个人高兴,也许是怀念另外一个人。

从纯粹的意义上说,我的的确确非常喜爱七彩椒不同的色彩,喜爱它的艳丽多姿。它几乎可以和彩虹的色彩相媲美,只不过一个如梦似幻,诗意盎然,另一个却实实在在,伸手可及罢了。它们一个在天上,一个在地上,犹如梦想和现实之别一样。

七彩椒,有七种颜色:绿、黄、青、白、紫、橙、红。

七彩椒,另一种说法是它有五种颜色:绿、黄、白、紫、红,所以又叫五彩椒。

以我个人种植的经验及我个人的观察,如果仅仅从颜色的多少

花园巡阅使

来给这种辣椒命名的话，叫它七彩椒更合适、更科学、更准确。

我一直喜欢民间给植物命名的方式，很形象。这种命名的方式，从某种意义上来说极具原始的思维，犹如我们所说的民间文学的本质一样。因为它易于辨识，易于认知，易于掌握，给人们带来了极大的便利。

比如说，根据辣椒的形状命名：螺丝椒。这种辣椒大而弯曲，像是螺丝上的螺纹一样。

比如说，根据辣椒生长的方向命名：朝天椒。这种辣椒不像普通的辣椒一样向下生长，悬挂在枝叶间，而是朝向天空生长，枝叶都像托盘一样支撑着它们。

七彩椒，是根据颜色命名的。

多年前，我第一次见到七彩椒的时候，差点儿把它当成朝天椒。如果它不是圆形的，不是多种颜色的，它就和朝天椒一模一样了。我当时很震惊，同一株辣椒上，怎么会生出那么多的颜色？哪一个是它最初的颜色？哪一个是它最后的成熟的颜色？如果不是我自己种植七彩椒并观察它，这样的疑问我是无从找到答案的。而且，按照我们普通人的习惯，人们宁可去种可食用的辣椒，也不愿意种植这种观赏性的植物。所以,可以和我交流的人很少。

那时,我还在陕西一家大型企业工作,我去岳父家的时候,第一次在他家的窗台上发现了七彩椒。我当时就震惊了。神奇的大自然,这始终是我喜欢说的一句话,我相信我之所以喜欢花花草草,就是被大自然的神奇所吸引,我觉得每一种植物都有自己的秘密,都有自己独特的一面,都有自己的神奇之处。也许是我比较矜持吧,或者是为了体恤岳父文化程度不高,怕交流中让岳父感到尴尬,所以我只是轻描淡写地聊了几句七彩椒。

岳父喜欢养花,他的窗台上养着太阳花、七彩椒、龙须,且是多盆。非常有意思的是,他不仅喜欢养花,还非常喜欢把花送给左邻右舍。我太太想劝说他,不要给别人送了,也许人家不喜欢花呢。对于不喜欢养花的人来说,花盆无论多小,它都会占一个小小的角落,更何况住在铁路边的左邻右舍,房子都不宽敞。岳父很执拗,很坚决,我太太不敢违拗父亲的命令,只好当搬运工,给左邻右舍——送花。我能想象接受者们的表情和心态,以及太太心虚的热情。

三年前,岳父去世了,我和太太前去奔丧。葬礼完毕,太太的姊妹们纷纷把家里的东西分了分,个人需要的,都各自拎走。太太

花园巡阅使

拎了几盆岳父窗台上的花，从陕西岐山一直拎到北京，沉甸甸的，我一句抱怨的话也不敢说。这就是父女情吧。在太太眼里，这些花就是父亲的影子。她是一个孝顺的女儿，很体恤父亲，尽管父亲去世了，她想父亲肯定放心不下这些花花草草。她之所以拎走，是为了让九泉之下的父亲放心。

拎回北京，我每天都小心地伺候着它们。其他花卉如有夭折，我并不在意，唯独这七彩椒，如有一点儿闪失，恐怕都会让太太伤情伤心。女儿大了，成年了，工作了，我不能再去和她讲什么孝的文化。如果她还小，我一定会给她讲讲七彩椒的故事。这就是孝顺啊，这就是孝心啊，是一个孩子对父亲的一片孝顺之情。其实，为父母尽孝，事情不在大小，就看有无孝心了。我们读文章，喜欢探究其中的意义。小小的几株七彩椒，意义却十分重大。我和太太结婚几十年，彼此有一份默契，这种细碎的生活琐事，是用不着交流的。一个人默默地去做，另一个便会深深地感动。行动永远比语言更有力量。

秋天，等七彩椒的果实完全成熟以后，我把辣椒一枚一枚采摘下来，装在不用的茶叶盒里，等来年再去播种。我喜欢采集和收集

七彩椒

各种花卉的种子,七彩椒的种子更是要收藏了,否则,来年拿什么去种七彩椒呢?

在没有种植七彩椒之前,我没有机会去观察七彩椒的完整的生长过程。我们仅仅是偶遇,这样得来的知识和经验,只是局部的、片面的,犹如盲人摸象一样。我看到很多小学校园里都设有小小的种植区,让孩子们从小学习劳动的知识,观察一株植物的生长过程,这是一件极好的事。而且,这种劳动的技能,恐怕比不少知识对一个人的成长更有益处。

春天,我把一大把种子撒进地里的时候,把心里无声的祈祷也撒进泥土里了。为了防备全军覆没,我又采取了第二种措施——在花盆里也撒了一些种子。当七彩椒冒出绿芽的时候,我才能长长地舒一口气,但是紧张的心并没有完全松弛,毕竟,一株幼苗长大,需要经历很多磨难和考验,正如天有不测风云一样,谁知道它会在什么阶段经历什么样的灾难,谁知道它能不能扛得住。天气、虫子、小狗、小猫、小鸟……任何一个小小的因素的打击和摧残,都会让它中途夭折。我突然想到了天下所有的母亲,养育孩子的过程是多么不容易啊!

花园巡阅使

　　地里的一大把种子，只长出一两棵幼苗，其余的幼苗都是花盆里种出来的。直到这时我才明白，菜农们为什么要育苗了。育苗之后，再移栽，蔬菜的成活率更高。小小的七彩椒苗，和普通的辣椒苗没有什么区别。起初，是嫩绿嫩绿的，慢慢地，开始变成墨绿的了。等它变成墨绿色的以后，就说明它已从柔弱的幼儿期进入童年期和少年期了。它可以依靠自己的力量，自由地生长了。在开花之前，我没有发现七彩椒有任何的神奇之处，等它开花之后，我突然发现，有的花朵是白色的，有的是紫色的，它们不是长在同一株上。我记得普通的辣椒花是白色的，小小的，如豆粒一样大小。在刹那间，我都怀疑有的七彩椒是普通辣椒。

　　七彩椒开始结出果实的时候，又让我大吃一惊。它的果实有的是绿色的，而有的是紫色的。我不明白为什么这一株是紫色的，而另一株是绿色的。紫色的格外好看，像宝石，闪闪发光；绿色的很普通，很平常，与平常的绿辣椒并无二致。它们齐刷刷地朝着天空，像是在好奇地打量着天空里的一切。七彩椒是观赏植物，它的果实，从远处看，倒像是一朵一朵灿然开放的花朵。它们长到一定程度之后，就开始变色。我发现那些绿色的七彩椒开始变成别的颜色，而紫色的却变不回绿色。而且,有趣的是,一个辣椒上面可以同时出现两种颜色,比如,一半白色,一半橙色。但最终,它们都会变红。

有一天,一个路过的行人看见了我的七彩椒,告诉我说:"七彩椒可以吃的,很辣!"我笑笑,向他表达致谢之情。毕竟,这是我所不知道的小知识。对任何善意——无论多小,无论你接受不接受——我们都应该表达谢意。我清楚,我不会去品尝它的。

七彩椒太漂亮了。

我打算送我的好朋友一盆。

西府海棠

第一次见到西府海棠花开,绝对有一种震撼的感觉。如果实在找不到词来描写这种震撼的感觉,借用陆游的诗句来表达倒不失为一种聪明的选择。

陆游云:虽艳无俗姿,太皇真富贵。本来嘛,西府海棠就有花贵妃的美称。不过,我还是更喜欢苏东坡的诗句:只恐夜深花睡去,故烧高烛照红妆。同是赞美西府海棠的诗句,但陆游的诗写实,写西府海棠的品格之美;苏东坡的诗飘逸、轻灵,更有诗意。

不过,在现实生活中,尚有不少人并不知道西府海棠的名字,他们会在梨花、苹果花、桃花和杏花之间选择和徘徊。其实,仅凭一片叶子,就能把西府海棠和梨花、桃花、杏花区别开来,因为西府海棠的叶子和苹果花的叶子很相似,而与梨花、桃花、杏花区别

西府海棠

大了去了。如果从花瓣的大小和颜色上,又能把苹果花和西府海棠区别开来。

我们社区,种了很多西府海棠。西府海棠花开的时候,整个社区像节日一般沸腾。大姑娘、小媳妇、中年妇女和老太太们,拿着手机拍个不停。然后站在花树跟前,摆出各种姿势和花儿合影。那种幸福和快乐的感觉,纯而又纯,竟然让人生出许多美好的感慨来。人性之中的各种缺点和弱点,被清洗得一干二净。可见,大自然是多么神奇;美,又是多么有力量。

西府海棠的品种据说不少,但被统称为西府海棠。我对西府二字一直不解,后来才明白原来是指宝鸡地区。宝鸡地区在关中平原以西,二〇〇九年西府海棠被定为宝鸡市的市花,所以,人们才用西府海棠的名字统称其他不同品种的海棠。我心里一热,顿感亲切。我生于山西运城,工作在陕西宝鸡。生于山西运城的夏县,工作于宝鸡的岐山县。因为数年的工作经历,尤其是,那是青春时候的工作经历,所以有一种熟悉的、亲切的感情包含在其中。因此,知道西府海棠名字的由来之后,相比其他的木本花卉,我更是要高看西府海棠好几眼。西府海棠的颜色有粉红和粉

花园巡阅使

白之别，但我更喜欢粉红的颜色，我觉得它热烈、青春、健康、高贵、艳丽。

我已经记不清是金波先生还是张之路先生给我讲过，这种海棠果能吃。也许，他们都给我讲过吧。他们北京人，尤其是那些从小生活在北京的人，几乎都吃过海棠果，好像是冬天用冰冰着吃，酸里带着甜。我无法想象，只能想象它和冰糖葫芦差不多。那时候经济不发达，水果种类少，所以，冰海棠是很多人童年的最爱。我自己也品尝过海棠果的味道，的确是酸甜味儿的，和山楂的味道有点像，只不过没有山楂那种尖锐的酸味儿。现在几乎没有人吃海棠果了，因为现在的水果一年四季都不断，可选择的空间大到无边，所以，被遗忘的海棠果只能自生自灭了。

我挖了一棵小小的西府海棠树苗，栽在我的窗外。我特意在长着一棵粉红色的西府海棠的大树坑里，挖了一株分蘖出来的小苗。我喜欢粉红色的嘛。这棵小树像是知道我的心意似的，第二年就长得亭亭玉立了。第三年，我想，该开花了，结果没开。第四年，还是没开。现在我种的西府海棠像小学生的胳膊一样粗了，结果还是没有开花。每一年，我都会在秋天立一个誓言：如果明年，它再不

西府海棠

开花的话，我就伐掉它。可是到了第二年，它没开，我又舍不得伐掉它，心想：明年，它会开花吧。我一直是相信奇迹的，一直是期待奇迹的，为此，我还写过一首诗《明年会开花吧》，这首诗后来成了我一本诗集的名字。等待是美丽的，但又是煎熬的、折磨人的。一切美好，一切收获，都是需要人的耐心的，可是，人的耐心往往是有限的，所以才有了那句名言：失败和成功只有一步之遥。这一步，会使人拥有不同的人生；这一步，会使人拥有不同的世界。

又到了秋天，海棠果成熟了。每天清晨，西府海棠的树下，都会落下一大片一大片的海棠果。不知怎的，我有一点忧伤。这些可爱的、圆润的、饱满的、鲜红的海棠果，像是被世界遗忘了一样。它并不能带给人们丰收的喜悦。也许，这是实用主义的丰收标准吧。一代人的记忆，从此远去了。如果不是儿童文学界的两位前辈给我讲过他们小时候的事，我根本不可能知道他们那一代人的经历。这些红红的海棠果，像被遗忘的童年、被遗忘的玩具、被遗忘的老童谣一样，从此远离人们的记忆。

我种的西府海棠树，越来越大了，大到不忍再去伐掉它了。"明年会开花吧"的强烈的期待之情，慢慢被消磨得快要殆尽了。但我

毕竟没有修行到那种坐看云起的超凡脱俗的至高之境，所以，我还是想说一句：明年会开花吧！

讨人嫌

我种的鬼子姜，贴着窗台，已经长到二楼去了。大约，已经三米多高了。我不知道，是应该喜，还是应该忧。

别人种的鬼子姜，又矮又壮，早已经开过花了，而我种的，才刚刚开花。也许，是我比别人更宠爱这些花儿的缘故，浇的水太多了，才使得它们这么疯长。我想，宠爱和溺爱的感觉，以及它们所带来的结果，我都品尝到了，体验到了。

我喜欢鬼子姜，可能和我童年的体验有关。最初的时候，我一直把它视为向日葵，因为它们的花朵和花盘都太相似了，它们的叶子也是非常相似的。但鬼子姜的茎，粗不过向日葵的茎。它们的果实更不用说了，向日葵能结葵花籽，鬼子姜呢，什么都没有，因为它的果实在土地下面，属于块茎的果实。

花园巡阅使

所以,别指望块茎类的植物,开花之后,能结出什么果实来,比如生姜、土豆之类的植物。

我种鬼子姜已经数年,一直在控制着它的生长空间。它就像没被驯服的野马,或者说像野生的植物一样,总喜欢疯狂地生长。在众多植物之中,能保持野性的,能自然生长的,能有那种狂野力量的植物,在我看来并不多。无论是纵向,还是横向,鬼子姜总是疯狂地生长,像一个无所顾忌的侵略者。它攻城略地的侵略行径,是很多植物都自叹弗如的。

我想,很多人不喜欢它的缘故,也在于此。不容易被驯服,不容易顺从,不接受控制,就像文明人不喜欢野蛮人一样。从我开始种鬼子姜的那一刻起,我的左邻右舍,以及我的花友们,都反对,他们一致认定,这是应该除掉的家伙,也是不应该种植的家伙。从我个人的内心而言,我是尴尬万分,左右为难,我知道,讨人嫌和犯众怒的意思差不多,压力甚大。我都想把鬼子姜改名叫"讨人嫌"!

鬼子姜应该叫讨人嫌。这是一种讨人嫌的花儿。

我想我的人生和鬼子姜差不多吧,一直听从内心的召唤,喜欢按照内心的愿望生活。这是一种坚守的意义,坚定的姿态,但它在现实中付出的代价太大。我喜欢鬼子姜，除了童年的味道深情地呼唤之外，是不是还有一种自我的情结在里面？我行我素，从个人的角度来看，没什么错误，但它无形之中，会对别人造成一种伤害。说伤害，有点夸张，有点言过其实，说冒犯似乎更贴切一些。

楼上有个小女孩儿，上幼儿园了，我只要在窗外为花花草草们劳作的时候，她看见了，总要喊我"爷爷，爷爷"，直到我听见后，抬头做出了回应为止。每当这个时候，一种深深的幸福感便会涌上心头。也许，这是作为儿童文学作家的幸福感吧，用老前辈们的话说，这是光荣。

当鬼子姜长到二楼的时候，我猜想，大约那个小女孩儿站在她家的窗台前，鬼子姜都高过她的小腿了，她一低头，就可以看见那些像向日葵一样的花盘。她第一次发现的时候，有过惊喜和惊讶吗？我想，肯定有的。人对大自然的这种纯粹的爱，无论年龄多大，都不会舍弃的，如同我们上大学的时候，有一天清晨看见校园里大雪覆盖而大声尖叫一样。这份喜欢，这种纯真的爱，人都会终生保持的，只不过，大家羞于展示罢了。

数年坚持种鬼子姜，的确是需要一种毅力的，需要一种格外强大的坚守的力量的支撑。讨人嫌和犯众怒的后果，在日常生活中的确是一种摧枯拉朽的力量，锐不可当。一个人和全世界作对的结果，除了郁郁寡欢之外，还有什么好的结果呢？我发现，我的意志在慢慢地动摇，种鬼子姜的面积也在逐渐地缩小。这是一种妥协，无奈的妥协，从积极的意义上说，是明智的选择。但我一点儿也不喜欢这种明智，这种势利的聪明。

去年，我告诉福建的一个朋友，一位相交多年几乎是心灵默契的朋友说我种鬼子姜了，她很兴奋地对我说："鬼子姜是好东西，一定要种下去啊，不要放弃。"鬼子姜是一种不错的小菜，可以做腌制食品。另外，它还是一种药材，据说日本一直把它作为调理糖尿病的药品，它可以让糖尿病得到很大的改善。去年，我差不多给朋友寄去了十斤我种的鬼子姜，朋友心里过意不去，给我寄来了福建的茶叶。

朋友的鼓励，远方朋友的鼓励，给我增加了一些力量，但这种力量是微不足道的，犹如远水解不了近渴一样。花友们每次参观我种的花花草草的时候，都会斩钉截铁地给我一个强烈的建议：把鬼子姜除掉，除得干干净净的。我只好弱弱地表示抗议：我福建一个朋友喜欢呢。这成为我抵抗现实的一个借口，或者说一种力量。没想到，一个花友告诉我说："嘿，这个太好办了，你到菜市场买一点儿送给朋友。网上也可以下单啊！"我好像再也不能辩解了。既然现实生活给我们创造了这么多便利，为什么不利用呢？但我想，这不一样啊，比如说，有了计算器，为什么还让小学生学习笔算加减乘除呢？

友谊需要的是身体力行的维护和呵护，需要的是苦行僧一般的虔诚和努力。如果有欺骗行为，或以便捷的途径交友，这种友谊就远离了友谊的本质。

鬼子姜快要成熟了，我想告诉远方的朋友，她可以期待了，如果她真心地喜欢，这一份期待是值得的。

如是，我愿意继续种这种讨人嫌的花，我也愿意做一个讨人嫌的人。毕竟，古人云：人生得一知己足矣。

云 芝

　　邻家大哥突然心血来潮，一口气把他种的那片竹林全部砍伐掉了。我很诧异，他是那么喜欢竹子，而现在……只能说明他不喜欢了。他固执的性格里面，确实有孩子气的一面，只是他不知道，也不愿意承认罢了。

　　我是挖过竹子的，知道那是一件非常消耗体力的事情。竹根坚硬得像钢筋一样，挖掉这一大片竹林，一定把大哥累坏了。昔日茂密的竹林，密不透风的竹林，一下子全部消失之后，土地全部裸露出来了，亮堂，光线好极了。

　　有一天，我突然发现，他的花园里多了两根很粗的木桩，每根有一米多长。哎哟，这是从哪儿搞来的？准备做什么用？我正在沉思的当儿，大哥悄悄走到我的跟前来了。大哥小声对我说："安老

云 芝

师,你看看树桩上长的是什么东西?"

邻家大哥七十岁左右,是个土生土长的北京人,好像还有八旗子弟的血脉。他一直喊我"安老师",从未改过口,无论是在外面,还是在他家里。与其说这是对我的一份尊重,还不如说是他的修养极好。

大哥的提醒,让我的注意力转移到了两根木桩上面长出的东西上。原来大哥是冲着木桩上面的东西来的。我笑了,但没出声。笑了,是因为熟悉,童年的时候,我在村子里见过这东西。这些年在全国各地跑过不少地方,同样经常看到这东西。但我实在不知道它叫什么名字。

木桩上长出了一片片、一团团的东西,像是花朵一样,密密麻麻的。有白的,有黄的,但它们就像铁钉钉在木桩上面一样,很难被弄下来。大哥怀疑这是灵芝,我否定了,因为我所见到的灵芝,药用的,都像蘑菇一样,是有茎的,而这东西像海边岩石上的牡蛎一样,是贴在木头上的。这两根木桩差不多都快腐朽了,质地已经变得松软了,到处都是针尖一样细小的洞。

"挺好的,放在这里长长看吧。"我对大哥说。从外表看,它

花园巡阅使

们的确美观,很像花朵,尤其是,它们能带来原始的森林的气息。

我一直不知道它叫什么名字,但我可以确定,它是一种菌类植物。一般的菌类植物,生长期、成熟期、衰老期,都是极好分辨的,但这种菌类植物,很难确定。我无法判定,它是活的,还是死了。因为它是木质的、坚硬的。

在乡下,在山里,在森林里,这种植物是司空见惯的。只要是木头,堆放在露天的地方,天长日久,风吹雨淋,上面必然会长出这东西。这是大自然的作品,是大自然馈赠给人类的财富。

今年"十一"期间,几个朋友约定,要去野三坡走走。因为疫情,大家都不方便走远,所以,约定在北京周边走走。但在临出发的前一夜,我突然感冒了,自己先小小恐慌了一下。于是,推掉了此次旅行,毕竟,于己于人都是一种负责任的态度。即便只是感冒,给朋友们传染上,那也是件让我良心不安的事。

天刚刚发亮,我就一个人在小区慢慢散步了。我喜欢观察别人种植的花花草草。想想朋友们,恐怕也该动身了。说实话,我内心还是很遗憾的,因为每次和朋友们——都是文友——旅行都是很愉快的,都会留下很多美好的回忆,尤其是,我还能从他们身上学习

云 芝

到很多东西。

走着，看着，胡思乱想着。突然，我发现小区的土坡上，我的脚下，有一团黑乎乎的东西，像大海碗那么大，圆圆的，很漂亮，像一朵黑色的牡丹一样。哎哟，这就是木头桩子上面长出来的东西啊，只不过这个是黑色的，更好看而已。它们像花瓣一样，蜷曲着。我想，这下面肯定是一个树根。这个意外的发现让我很兴奋，我兴冲冲地从家里取来铁锹，想把它们挖出来，种在窗外的地里。我挖了几下就发现，那里就是一个巨大的树根，这树根还没有腐朽，来年说不定还可以长出新芽呢。可是，我这劳动工具，太简陋了，太不专业了，想用这把小小的铁锹把这个大树根挖出来，那无异于蚂蚁啃骨头。我叹息一声，只好放弃。但我还是很好奇，一般说来，这种东西都是长在腐朽的木头上的，这活的树根上面怎么会长出这样的东西呢？大自然是神奇的，有太多的谜等待着我们去破解。我用手机拍了一些照片。它们太像一朵朵大大的黑牡丹了，尤其是国画中的大牡丹的形状，和这东西太像了。

我查了一下，这东西叫云芝，是一种珍贵的药材。在生活中，

花园巡阅使

能够知道这方面知识的人是少而又少的。我们缺乏好奇之心了,缺乏好奇心就是缺乏强烈的求知欲。因为司空见惯,所以熟视无睹。从另一方面说,我们喜欢诗歌和远方,却对身边的事物缺乏热情和耐心。正如卡夫卡所言,人类的两大通病就是漫不经心和缺乏耐心吧。但我更喜欢的是热情二字,我觉得人不应该缺乏对大自然的热情,不应该缺乏对生活的热情。有热情和激情的人,一定是心里有很多阳光的人。

因为这个小小的发现,小小的惊喜,加上对野三坡朋友们的想念,我写了一首小诗:

野三坡

我站在小区的土坡上

想念朋友

他们都去野三坡旅游去了

毛毛细雨淋我

如同淋湿了一棵树

云芝

> 我湿漉漉地站在这里
>
> 看不见一丝云彩
>
> 只有风带着我的心
>
> 远远地飞走了
>
> 我能听见他们的笑声
>
> 我能看见他们的身影
>
> 他们却看不见我
>
> 在这里开放成一朵漂亮的云芝

我配上了图,发在微信朋友圈内。北京市社会科学院研究员、诗歌评论家钱光培先生留言评点道:诗图巧配,点睛之笔。可爱。

就像小小的心事、小小的秘密被发现了一样,我羞怯而又欢喜。云芝是点睛之笔,也是诗眼,没有这一朵云芝,就不会有这首诗歌;没有这一朵云芝,想念朋友的情感就找不到合适的方式表达。

大哥木头桩子上的云芝,会变成黑色的吗?这种颜色上的差异是怎样造成的?我像个小孩子一样,心里还有很多疑惑需要答案。

这是我未泯的童心在作怪吧，我倒是希望它能一直这么没完没了地好奇下去。

巡阅使

我喜欢做一个巡阅使，做花园里的巡阅使。

每天清晨，我都喜欢迈着轻快的步伐，怀着欣喜的心情，去花园里巡视一番。

这些淘气的小家伙们，像孩子一样可爱。月季的刺儿，不经意间就会刮住我的衣服，就像自己的孩子小时候突然间跑过来拽我的衣角一样。

露珠落下来，像儿时的小伙伴们，在小河里把水珠泼洒在自己的身上一样。

叶子一片一片掉下来，像是在窃窃私语。它们商量或者密谋什么呢？就像孩子们的世界，大人是不懂的，他们的游戏，也是不喜欢大人参加的。

花园巡阅使

松软的土地，像久违的故乡一样，给人一种亲切而又熟悉的感觉。踏上去，格外地惬意、舒服。

每一种植物都有每一种植物的特征啊，就像每一个孩子都有一张与众不同的脸。

秋天了，花儿们有点儿沧桑感，这是装出来的啊。就像我们小时候，把玉米须粘在下巴颏上扮老爷爷一样。它们的年龄，是骗不了我的。只不过，秋天是一个高明的化妆师罢了。

高大的树木，喜欢矜持。但这些花花草草却不一样，小风一吹，它们天真的本性就暴露出来了，摇头晃脑，快乐无比。

有的花儿谢了，它悄悄地说了一声：明年再见！

声音很小很小，但我听见了。它们从来都不会不告而别的，它们会用种种暗示提前告诉我的。我懂，我懂它们。

泥土的气息，草木的气息，花朵的气息，大概是这个世界上最清新的气息。

我喜欢做一个巡阅使，做花园的巡阅使。

就像，我喜欢在孩子们中间一样。他们的声音是清澈的，他们的笑容是灿烂的，他们与我的交流是纯真的。

巡阅使

我像读一本美不胜收的书一样，阅读它们。

我像聆听一曲美妙的音乐一样，倾听它们。

我像诵读一首无限喜爱的诗一样，诵读它们。

这样，我也变得洁净了；这样，我也变得快乐了；这样，我也变得年轻了。

大自然的恩赐，是需要珍藏的，是需要感恩的，这样我们才不会对一切事物熟视无睹，这样我们才能发现这个世界的善和美。

我喜欢做一个巡阅使，花园里的巡阅使。这是一种努力使自己变得沉静和美好的需要。也许，还是我向这个世界表达和诉说的需要。

没有人懂，没有人听，没关系，花园里的花花草草都在听，都能懂。

秋天的朗诵会

秋天的果实纷纷坠落。

一地的海棠果，有的青，有的红。一地的柿子，黄黄的。一地的山楂果，红红的。一地的喜悦，一地的快乐，一地的幸福。

秋天，是果实的天下，是果实的世界。

花儿最美的时光，留给春天吧；阳光最明亮的时刻，留给夏天吧；童话一样的雪花，留给冬天吧；果实，属于秋天。

没有人惊扰这些果实，它们安安静静地在树上成长，它们快快乐乐地从树上落下。这是一个了不起的变化。它们不再是人们的粮食，它们是大地的粮食，它们是鸟儿的粮食，它们是昆虫的粮食。世界本来的样子，就是这样的。

不知道这些果实是风吹落的，还是雨打落的，或者是自然坠落的，不论是哪一种，都和人为的因素没有关系，这都是大自然的杰作。

我喜欢聆听果实坠落的声音，但我没有机会。我看到的只是一地的果实。这个世界上，有许多美的瞬间都会和我们失之交臂。所以，我们更加怀念、更加期待那些美好发生的时刻。

我突然想到，这些果实们，已经开过朗诵会了吧，或者正在开着。只是，它们不喜欢被关注，不喜欢被打扰。

果实坠地的声音，就是它们朗诵的声音。

秋天的朗诵会，自然是朗诵给大地听的，是朗诵给天空听的，是朗诵给昆虫们听的，是给鸟儿们听的，哦，当然还有那些安静的花朵们。它们不像春天的花朵，那么淘气，那么活泼，那么热烈，秋天的花儿是矜持的、恬静的，它们喜欢倾听。

这些圆圆的果实，扁扁的果实，都那么丰盈，那么圆润，那么喜气洋洋。它们的色彩，是它们血液的颜色，是它们心灵的颜色，是它们性格的颜色。一切都是自然的，不需要伪装，不需要掩饰。

这一地的果实，多么像遥远的乡下过年时碎裂的爆竹纸屑。盛大的节日气氛横扫大地、村庄、城市的公园，以及远方的山峦和森林。

春天的朗诵会，是花朵们的朗诵会。

花园巡阅使

夏天的朗诵会,是太阳的朗诵会。

冬天的朗诵会,是雪花们的朗诵会。

而秋天,是果实们的朗诵会。

一年四季的朗诵会,此起彼伏。这是大地诗意的狂欢。

不要错过这美丽的时刻吧,打开心门,侧耳谛听。在任何时刻,只要你愿意,就会走进大自然举行的朗诵会中。

而此刻,秋天的朗诵会,正在进行……

一串红

一串红是我喜爱的一种花卉植物，我养了好几盆，放在阳台上。它们就像节日的彩灯一样，每天都能给我带来极好的心情。每天看几眼，会有一种天天过节的感觉。

是的，像"五一""十一"这样盛大的节日，没有一串红的点缀，是不可思议的。或者说，它们是不可或缺的。它们代表着热烈、喜庆、祥和。

不过，这种植物的原产地，是巴西。我们耳熟能详、司空见惯的许多花卉植物，都是从国外引进的，我们普遍栽培，时间一久，几乎没有人知道它的原产地了。不过，我相信植物这种东西，是和环境密切相关的，只要是从国外引进来的，必然会有一些变化，其实，这与人文科学的演变道理是极其相似的。

花园巡阅使

一串红，也叫象牙红、西洋红、爆仗红。我的花友们，却喜欢叫它串串红。串字多好啊，能让人想起冰糖葫芦。但是，它却更像一串鞭炮。所以，它有一个名字叫爆仗红。说起爆仗红，还有一种花也和鞭炮有点像，叫爆仗竹。二者区别是很大的，爆仗红，是唇形科植物；爆仗竹却是玄参科的。二者叶子有着天壤之别，唇形科的植物，我觉得它的叶子都是圆形的，有点像人张开的嘴唇；爆仗竹呢，有点像木贼，一节一节的，和竹子有点像。

但它们都很红，红得热烈，红得鲜艳，红得像火。鞭炮外包装的红纸，和爆仗红、爆仗竹花的颜色一模一样。我在广州见过爆仗竹，在一所小学校园的二楼的阳台上见的，当时我就震惊了，觉得它们就像随时准备点燃丢向空中的鞭炮，来宾们都会觉得这是一种特别的欢迎的仪式，感觉自己受到了格外的尊重和欢迎。一串红更不用说了，在北方的城市，很多店铺、公园、小区都种有这种植物。

一串红的叶子是圆形的，用植物学的话描述，是卵圆形的。草本植物，一年生。不过，它是非常容易养活的。虽然一串红有大片大片种植的，但我更喜欢盆养。一大片的一串红，在我看来就是奢侈，就是浪费，对于喜欢远观的人来说，成片的一串红自然壮观，

一串红

但对喜欢近赏的人而言，一株或者数株更有风味。如同一张照片放在影集中和一张照片放在相框中的区别一样，它们给人的审美感受是不同的。

我养一串红多久了呢？记不大真切了，只记得有些年了。我是怎么开始养的呢？也不大记得了，只是记得，每年我都养几盆，冬天放在家里的阳台上，其他季节就放在窗外的地上。我感觉一串红的花期很长，一串谢了，另一串又开了，简直是此起彼伏，花开不断。如果按照自然的生长规律，一串红自有其开花的时间。据说，从播种开始，一百天就可以开花。我不太关注这些，因为我养的一串红，几乎是一年四季都开花。如果喜欢养花，精心养护的话，一年四季开花的景象不难见到。我发现，按照养花的知识养花，既麻烦，又养不好花。我除了浇水之外，基本上不做别的。偶尔，给凋谢的花剪剪枝，这一点是必须做的。

养花，必须要剪枝。剪去老的枝条，才会生出新的枝条。许多花卉，花都是开在新枝上的，比如月季，一串红也是如此。剪老枝，是为了让新枝更好地萌发和生长。另外，我们还有一句俗语，叫"憋"。剪老枝，也是为了憋粗，为了让主干长得更粗壮一些。主干不粗壮，

花园巡阅使

花枝容易纤细，纤细的花枝，经不起风吹雨打，极容易倒伏，如菊花中的千头菊、豹菊、翠菊，月季也是一样。一串红的花朵，或者说新枝，一般都是腋生的。腋，就是我们日常说的胳肢窝，腋生，就是在叶子和主干的交界处生长出来。很显然，剪老枝，很利于萌发新枝。

一串红一般都不高，不超过一米。科普知识解释为，最高可达90厘米。倒是它的花序，几乎可以高达主干的二分之一。一串红层次分明，叶子就是叶子，花朵就是花朵，二者区分得一清二楚。因为一串红的花序是向上生长的，每一朵花都在叶子之上，就好像杂技中的顶碗一样，我们的目光完全聚焦在高高在上的碗上，而叶子就和耍杂技的人差不多，努力支撑着花朵。

一串红的花萼是筒状的，花冠也是筒状的，所以，它看起来就像一串悬挂起来的鞭炮。它的种子很小，比芝麻粒大不了多少。一朵花中只有一粒果实。到了果实成熟的季节，我喜欢采集一些一串红的种子。但我现在还搞不明白，我培育出来的一串红花苗，到底是我撒下的种子长出来的，还是它自然掉落的种子长出来的。我无心关注这个细节，我更在意的是，来年还有没有新苗延续。

一串红

我惊奇地发现,一串红的花茎是四棱形的。我种的紫苏、藿香,茎也是四棱形的。它们都是唇形科的植物。在唇形科的植物里面,有不少是芳香植物,比如说紫苏和藿香都是此类植物。可能因为是草本的缘故吧,四棱形的茎还是比较容易看到的,而木本的植物,我几乎没有见过四棱形的树干,它们的树干基本都是圆形的。

许许多多的植物,在很幼小的时候,总是弱不禁风的样子,娇嫩无比。一串红也是如此。两片叶子刚刚冒出来,细细的花茎如同发出来的豆芽一样,令人担忧,我甚至觉得把一张纸放在叶子上面都会把它的花茎压断。如果它还没有根须,没有定型成四棱形的花茎,移植是很难成活的。当它有了足够的力量,有了能够独立生长的力量的时候,移植最好。先前我是不大重视育苗的过程的,这种不重视的结果,就是导致不少幼苗夭折了。一串红的叶子不断增多,直到一个小小的花蕾羞涩地依偎在叶子和主干之间的时候,就快到花开的时节了。花朵被严严实实地包裹着,只露出一个尖尖的角。这个小小的花苞,露出丝线一样细小的口子,可以看到花瓣的红色。

自从看见花苞以后,如果仔细观察的话,你会发现它一天一个样子,几乎每天都会发生一些细小的变化。它们就像要脱离叶子,

花园巡阅使

向天空飞去一样,疯长。

花都开好了。大喜。

忍不住,给它写了一首诗:

一串红

秋天以后

值得庆贺的事情

一件接着一件

你看太阳的脸

像苹果一样圆

你看太阳的笑

像石榴一样甜

谁放了一声爆竹

一声

两声

三声

几乎天天都在响

花园巡阅使

哦

是一串红

像一串鞭炮

在空中轰鸣

花朵在悄悄孕育种子

瓜果在喷吐芬芳

乒乒乓乓

一串红像淘气的孩子

把鞭炮燃放

冬天,它在室内依然开放。它是我室内一道亮丽的风景。

每天都有新奇的事情发生

每天清晨，我都喜欢去我的百草园走走、看看，探望和观察我养的花花草草们。

我知道，每天都有新奇的事情发生，而百草园是我观察的场所，是给我提供论据的场所。

"十一"长假行将结束，但雨几乎没停，而且气温骤然下降。

看见每一株植物都强作镇静的样子，我忍不住笑了。瞧瞧它们的颜色，就知道它们心里在抱怨：冷啊！

一层寒意泛上了每一片叶子，不知怎的，我想起了儿时冻青了的脸蛋儿。

花园巡阅使

雨后,地上滑溜溜的,泥土都泛着白光。我先去看我的月季。我知道,小青虫们倾巢出动了,也许,这是它们享受美食的最佳时刻,有吃又有喝的。我有数株月季被它们啃得光秃秃的,只剩下几片老叶子,在贴近根部的地方悲伤着。

小青虫有智商吗?它们的智力如何?我相信它们获取食物的方法,辨别食物好坏的方法,依靠的不是智力,而是本能。它们知道顶端的叶子娇嫩,味道鲜美。几乎每一场雨后,我都能发现一些小青虫,在快活地啃咬月季的叶子。如果叶子全部被小青虫吞噬掉,那么,月季离死亡的日期也不远了。叶子不仅仅是陪衬花朵的,它也是植物健康与否的标志。

千头菊全部开放了。很可惜,今年的雨水太丰沛,我几乎无法用木棒什么的去支撑它。有时候,人在大自然面前是很无力的,与大自然搏斗,只能获得局部的胜利。不过,为什么要搏斗呢?斗争这个词我不是很喜欢,我喜欢和谐共存,人本来就是大自然的一部分嘛。人,只不过是会说话的动物而已。

雨水的侵袭是一回事,更重要的是,鬼子姜、紫苏、一大片植物遮挡住了菊花们上面的阳光。它们倒伏在地上,但还在努力地生长。现在，全部开花了，金灿灿的，煞是好看。几株豹菊，也开始结出小小的花苞了。而长得很高的，已经贴在杏树和石榴树上的月季，花儿快谢了，马上需要剪枝了。我总是心软，不舍得把花枝剪得短一些，保留的部分少些，尽管我知道这是不对的，可总是下不了手。难怪，花友们总笑话我，说我太怜香惜玉。

是啊，任何一种微小的行为，都可以暴露出一个人的性格来。识人识物，通过小事便可以获得本质的认识。只是这份耐心和细心，并不是人人都具有的。

翠菊，差不多都倒伏了。我一直养不好这种植物，反思得失，总结经验和教训，我只能将原因归结到一点：我浇水太多了，太溺爱它们了。它们的茎达不到足够粗壮的地步，风一吹，雨一下，它们就歪歪扭扭地倒下了。而它们的根部本来就扎得不深，用手轻轻一拽，就把它们从土里拽出来了。我不打算留它们的种子了，花一谢，就拔掉它们。

我突然发现，在千头菊的叶子上，凤仙花的叶子上，有圆圆的、黑乎乎的东西，我低下头，蹲下身子，大吃一惊。这一下我看得真切了，原来是蜗牛，它们露出了软乎乎的身子，还有小小的触角。

花园巡阅使

哎呀,第一次发现小蜗牛竟然是黑的。我一向看见的蜗牛,都是白色和黄色花纹相间的,这一次,我发现的竟是黑色的。在海边,或者是那种大的蜗牛,黑色的我见过,而如此小的黑色蜗牛,我所见尚是首次。也许,是天冷的原因导致的。大自然中,有许多生命都有自己的保护色,或者根据季节不同而变色,这种解释尽管是我在自圆其说,但我相信它是有一定道理的。它们和黄白相间的蜗牛,是同一物种,谈不上变种,仅仅是一种颜色的变化嘛。

这个小小的发现,让我想起了另外一个问题,比如,不是开花的季节,不是花期之中开放的花朵,那些偶尔开放的花朵,总让花友们很兴奋,其中原因,总是众说纷纭的。我想,科学一般是揭示普遍规律的吧,偶然、例外,属于特殊性的东西。但我们在日常生活中,总是犯这种常识性的错误,比如,用特殊性来反对普遍性,尤其是那种否定普遍性知识正确的行为,是非常可笑的。但普遍性的东西,必须得承认自身的局限性,不是绝对的正确。对我们许多平常人而言,天才们的名言,还是少用的好。天才就是例外,就是偶然,就是特殊材料组成的,是大自然的杰作。

每天都有新奇的事情发生,我相信,这些新奇的事情,也许就在阳光照不到的角落，也许在我们的脚下，也许在我们的身后，或者左右。只是，没有一颗强烈的好奇之心，我们又能发现什么呢？

树　根

　　一大早，我听见窗外有响动，便急急忙忙出去了。我看见几个身穿北京自来水公司服装的工人，一辆挖掘机，在我窗外的马路上。

　　我心里一动。去年就说要改造自来水的管道，挖掘机、运输车辆、工人，在我们小区忙了一年，这个浩大的工程还没有完工。我一直忐忑不安，因为我的窗外有一口井，里面有各种管道，供热的、供居民食用水的、供园艺工人使用的循环水的管道，纵横交错。我们小区以前使用的是井里的水，现在统一改造，改成使用长江的水了。自来水的管辖权，从小区物业转给北京自来水公司了。这是一件好事，但我有些隐隐约约的担忧，按照原来的规划，我种的花花草草都要受到一些损失。其中，有两棵石榴树要伐掉，一米多深的

树 根

壕沟，往外挖土，恐怕会把我种的植物全部埋掉。这是我的隐忧。

没想到，计划有些改变，原来是东西走向挖掘，从我们这座楼的六个单元一楼外挖过去，现在改成了南北方向挖掘，就是说只挖我一家的，直通到马路下面的管道，这样可以节省大量的财力和物力。我赶紧跑过去，向工人询问：如何挖？他比比画画，告诉了我。我把可能会被埋掉的盆栽花卉全部移至远处，把一株玫瑰和一株榕树挖出来，另移他处。因为雨水刚停，土质松软，工人挖起来毫不费力，但是很快，就遇到了障碍。有一些树根，横在壕沟内，有些很细，用铁锹铲几下，就铲断了，但有的很粗，胳膊一样粗，最粗的一根，像碗口一样粗。

我惊讶了，第一次看到活的树根的模样。那些被挖出来死掉的树根，我见过不少，但它们在土层里的模样，却从来没见过，毕竟，树根不是马铃薯，也不是鬼子姜，谁没事会挖树根呢？除非，想终结一棵树的生命。当我看到树根的时候，第一个浮现在脑海里的，是一个成语：根深叶茂。树要长得高大，叶子要繁茂，根必须深才行。不仅要深，而且还要广，就像无数个抓钩，紧紧地抓着土地一样，

花园巡阅使

这样才能保证树的稳固。北京是多风地区，树根扎得不深、不牢固的话，很容易被风吹倒。

根深叶茂这个成语，人们耳熟能详，但当一个人亲眼看到树根在地里的生长和分布的形态之后，才会更深刻地理解它。我们习惯于用文字来表达，训练文字的表达技巧，但很少能够有机会或者兴趣去了解文字背后相关的事物的形态和内容。一个字写下，不满意，可以修改，或者涂掉，很轻松的一件事，但是，把树根全部斩断，重新移植，却要十二万分的小心，即便是移植，那也是充满危险的，毕竟，这如同是给树做一场大手术一样。手术有成功，也有失败，树的移植，又何尝不是如此呢？

工人开始挖掘大树根的时候，铁锹发出"砰砰"的响声，宛若金属的撞击声。这是什么树的树根？我看不出来。杏树？槐树？石榴树？树根如此之粗，真令人意外。工人说："是槐树的树根！"我心里感谢他，但我不相信他。感谢他，是因为他的回答含有一种深深的善意。可是，人行道上那棵高大而又粗壮的槐树，已经死掉了。如果是杏树，或者是石榴树，我必然心疼。很可惜，我的有限的知识，

树根

  并不能判别出来它是什么树的树根，也许，只有好的木匠，才能够识别。我只能从树叶、花朵、果实及树干的外表，来判断一棵树的归属。切开的木头，那种复杂的木纹，我是认不出来的。树的木纹，木质的软硬度、颜色，乃至重量，都可以作为木匠辨别树木的方法。

  被斩断的树根，有的是黑色的，有的是黄色的，尤其是那根最粗的，拿在手里，简直像一块石头，沉甸甸的。树根湿漉漉的，还带着泥土的气息，我似乎回到了乡下的童年时光，回到了小河边、小树林里。突然发现，自己越来越怀旧了，越来越喜欢大自然了，像是一种久违的亲切之情，涌上了心头。

  我小心翼翼地把树根放在马路边，像是怕它碰伤了，碰痛了。也许，它还可以做什么用吧？比如，做一只陀螺；比如，做一只木头枪。童年时，一切都是珍贵的，一切都是值得珍惜的。喜欢看木匠的各种工具，喜欢看木匠拉锯，喜欢看木匠刨木板，喜欢锯末，喜欢刨花。我的小学同学，有几个就是水平很高的木匠，而现在，他们大约都改做他行了。科技发展太快了，手工业、小作坊，慢慢淡出了人们的视线。许许多多东西都丢失了、消失了。

花园巡阅使

这树根，似乎变成了故乡的代名词，童年的代名词，一个人无论走多远，都是树叶，都是花朵，都是果实，而根在远方。远方的消息，就是树根的消息；远方的一点动静，都是树根的动静。想想看，树根摇晃的时候，一个远在他乡的人又如何能平静呢？因为他是一片叶子啊！

等待花开

"安老师，三角梅什么时候开花？"

邻居大哥不止一次问我，问得我心里都有点发慌。他疑惑、焦虑、不安、忐忑，我只能安慰他："放心，一定会开花的！"

我坚定而又乐观地劝慰他，面带自信的微笑，但我的心里，比他要焦虑得多。生活总是这样，与人交往也总是这样。中医理论的阴阳表里虚实之说，不仅仅是一种辩证法，而且是大千世界保持和谐的根本所在。

我和邻居大哥、楼上大哥，还有社区的另一个花友，也是大哥，常常喜欢交流养花心得，而且，我们有时候还种同样的花卉。种同一种花卉的时候，如果有一个人的花卉开花了，其他花友就会焦虑，就会疑惑：为什么我的花卉还不开花呢？问题的症结在哪里？自然

花园巡阅使

界的更迭，四季的变化，赋予了每一种植物特定的花期，尽管南方和北方有差异。但是，在花的温室里专业养花的人，打破了自然界赋予的植物特有的时间属性，花期变得捉摸不定了。从一定程度上来说，是进步，更是一种倒退。

那些从市场上购买花卉的人，他们购买的花永远是开花的花。三角梅，也叫勒杜鹃，我们都养了，看见别人的开花了，我们养的毫无动静，心里不免着急、焦虑，甚至开始怀疑自己的花卉不会开花。这样的焦虑，恐怕是所有养花人的焦虑。就像夏天里人人都穿汗衫了，而我们还穿着大棉袄，心里自然会很惶惑了。也许，这也是一种攀比心理在作祟，也许，这是一种怕被时代淘汰的心理在作祟。我这么说有点夸张，但却是我们养花人真实的心理写照。

我是一个浪漫的人，是一个相信奇迹的人，是一个乐观的人，但遇到邻居大哥这样的焦虑时，我也不会心平气和，一丝苦涩的微笑会不自然地浮现在嘴角上，我看不见，但我面部表情的僵硬能让我感觉到。我种的西府海棠，数年没有开花；我种的木槿，数年没有开花。我找不到问题的症结所在。尽管心里一次一次自我宽慰：明年会开花吧，但心里的声音越来越小，越来越弱。这是一个希望与失望的斗争，这是一个希望与绝望的共谋。按理说，养花养草，

等待花开

是修身养性的好方式,可是面对这样的惨败经历,很难能够保持心里平和。

  我种的虎刺梅,一株颇大的。掰下一小枝,种活了,送给邻居大哥。没想到,一两年过去,他的虎刺梅,比我的枝叶更茂盛,比我的花朵开得更娇艳,数量更多。我惊叹不已,钦羡不已,邻居大哥微微笑着,心里一定美滋滋的。楼上大哥养了数株,比我养的还大。他说虎刺梅品种繁多,我们种的叫花脸。可不是嘛,红红的花朵中,有米黄的斑点,就像小姑娘冬天穿的衣服太单薄,脸颊被冻得通红那种颜色,红白相间。楼上大哥把自己养的虎刺梅挂在网上出售,最大的一棵,标价竟然高达五百元。过些日子,我就问他:"大哥,卖出去了吗?"他哈哈大笑,说:"没有,玩儿呗!"我问了数次,自己心里都有点发笑。我发现自己有点幸灾乐祸的意味,觉得好玩儿,每问一次都能开心一次。如果人家卖出去了,这个玩笑就开不下去了。

  楼上大哥脾气火暴,邻居大哥自尊心极强。和楼上大哥能开这样的玩笑,和邻居大哥却不敢这样开。他问我三角梅什么时候开花,我不能说没法开了,因为那样说的话,邻居大哥很可能就把三角梅给扔了。他种的满园子的竹子,以前喜欢得不得了,结果他突然间

花园巡阅使

不喜欢了，一口气把竹子全部砍掉了。其实，人和花卉是一样的，每一种花卉有每一种花卉的性格。但我不得不说，我认识的花友们，每一个人的养花技术都比我的技术高明，他们都比我更重视科学技术。比如在浇花的工具、化肥、花药这些方面，他们都很有研究，而我，活脱脱就是一个吃苦耐劳的养花工，他们却差不多能算园艺师了，至少，也是个技师。

我种的凌霄花，是从邻居大哥家移植过来的。我的开花了，他的只长叶子，一直往高大的柿子树上攀缘。两年了，他的凌霄始终没开花。邻居大哥一次一次问我："安老师，为什么我的凌霄不开花？"我说："别急，快了！"没想到，两年之后，他的凌霄花一疙瘩一疙瘩地开，一棵柿子树，变成了一棵花树。

邻居大哥喜欢不开花的植物，绿色植物，我想，这和他不堪忍受等待花开的焦虑有关吧，或者他喜欢标新立异。他喜欢从网上购买花卉，最大的盆景，花费了上千元。他特别喜欢外国的植物，让我很开眼，因为那些植物都奇形怪状的，我从来没有见过。

有一次，他又在网上买了花卉，没想到送来的却和他想购买的不一样。也不知道他买的是什么，但人家给他寄来的是一株芙蓉葵，公园里有很多，其实这种花开起来也很漂亮。据说，退货很麻烦，

等待花开

代价昂贵，所以，邻居大哥也不退了。自从他喜欢上虎刺梅之后，他也喜欢上了开花的植物，比如我送他的萼距花、五星花，他养的比我养的还好。他自己还养了山龟、佛肚树、橘子树、从日本带回来的扶桑。

另一个花友，喜欢养月季，养了不同品种的，据我观察，至少有数十种。他有一个特别的喜好，喜欢嫁接植物，这一点让我刮目相看。他应该就是那种园艺师级别的养花人。毛桃树上嫁接李子，肉质植物上嫁接火龙果。我很诧异，我竟然找不到嫁接的痕迹。原来，他是用切片的方式，把树锯开一寸，把切片放进去。这已经不是一般的养花人了。他送我玫瑰、四季果、太阳花、朱顶红。很奇怪，有一棵朱顶红，九月底了还开花。他种了一批朱顶红，挂在网上，谁要送谁。"人上一百，形形色色"，单田芳说评书喜欢说这句话。的确，花友们的性格真是大不同。在我眼里，他们每个人都是一朵花，个性鲜明的花。

我知道，等待花开的滋味不好受，但我写出来的文字有人喜欢。曹雪芹说的"满纸荒唐言，一把辛酸泪"，最能道出码字人的真实感受。心里明明很苦，写出来的文字却很甜。所以，我很敬畏文字，知道那是作者的心血。等待开花的心情，我用一首诗来表达，这已

花园巡阅使

经不是我的真实感受了,而是超越于生活之上的文学感受了:

明年会开花吧

栽下一棵小小的杏树

明年会开花吧

栽下一棵小小的杏树

后年会结果吧

明年不开花不要紧

后年一定会开花

后年不开花没关系

万一它像无花果一样结果怎么办呢

我相信这个世界上一定有奇迹

等待和幻想的浪漫最美丽

即便小杏树永远不开花不结果又有什么关系呢

我的每一天都如花朵一样芬芳,如果实一样甜蜜

红掌

白毛浮绿水,红掌拨清波。

诗人骆宾王很小的时候写《咏鹅》这首诗的时候,可能还不知道有一种花卉就叫红掌。我做一个大胆的猜测,也许,那个时候这种花卉还没有传入我们国家吧。深入细致的考究工作,我是做不来的,我只能如此猜想。

红掌这种植物我见过,但我并不知道它叫红掌,更不知道红掌一般是指花烛。这两个名字,在养花的朋友们中间,哪一个使用更广泛,我也不知道。不过,这种植物很美,生机盎然,花开得很漂亮。

花烛的原产地在哥斯达黎加、哥伦比亚等国家的热带雨林区,有的附生于树上,有的附生于岩石上,有的直接生长在土地上。前两种情况,我没有见过,我们日常所见,都是生长在土地上或者养

花园巡阅使

在花盆里。第一次见到这种植物，我很惊讶，因为它的叶子大而肥，叶面上像打了一层蜡似的，油油的，闪着光芒。用手一摸，滑溜溜的，因为它的叶子是革质的，所以，很有点人造皮革的感觉。

我尝试养过几次，几乎都是以失败而告终。一次是叶片很小，病恹恹的样子，没有开过花，终于死掉了。还有一次是它开的花是黄色的，像是被尘土覆盖了一样，很脏的样子，没有红艳艳的亮色，最后，根部腐烂，叶子枯黄，终结了。我很感慨，这种植物在我看来不大容易被养活。

后来我从山东青州带回来一盆，两朵花儿，开得无比艳丽，宛如高档汽车红色的油漆一样，非常醒目。肉穗的花序是黄色的，大约有五至七厘米长。花烛这个名字，很形象地描绘出了这种植物的外形特点。它的花期倒是蛮长的。这种花卉，也是非常喜庆的植物，很适合在家里种养，在办公场所及在节日期间摆放，也是一种极佳的选择。其实，红掌不开花时，尽管只是绿色的叶子，也是一道亮丽的风景，很适合观赏。

当红掌的花儿枯萎的时候，用手轻轻一拽，花茎就从盆里提出来了。它和叶子不一样，与根系没有直接的关联。一轮花开之后，

红 掌

我就开始焦虑了，还能不能继续开花？这让我非常担忧。因为有过失败的教训，我没办法平静下来。也许，在我看来，养花也是一种人生体验，尽管养花的过程有快乐，也有烦恼，但花开之时，绝对是人生的巅峰体验，或者说是高潮，或者说是理想实现。每个养花人，都期待花开，犹如农民辛勤劳动期待收获一样。

每一天，我都要伸长脖子，往红掌的基部瞧瞧，仿佛那是一眼深不可测的古井一样。此时，我才发现，等待的焦灼、热切的期盼，也是可以量化的。似乎，可以用米尺去丈量。花盆若有灵，它一定会感到难为情的。花开，犹如美梦；花谢之后，犹如噩梦。这些极端而又夸张的词汇，虽然严重了一些，但表达我的心情和感受，还是贴切的。我心里开始有两个声音打架、争吵了，一个说：不会再开了！另一个说：会开，一定会开！

恰好，花友养了数盆红掌，慷慨地给了我一盆。本来，我应该欢天喜地地接受，但从前的阴影笼罩了我的心头，因为他给我的花，和之前我养死的花大小一模一样，所以，我小有尴尬和迟疑。我向花的基部瞅了瞅，嘿，我突然兴奋起来，因为我看见基部有红色的痕迹，那分明是一丝红色的焰火，我被点燃了。那是花，没错，是

花园巡阅使

花最初的最幼小的特征。哎哟,我赶忙道谢,把红掌抱回家了。我们这些闲散的养花人,与那些花卉市场养花的人,是大不相同的,他们专业,而且条件、措施都非常完善,我们不靠这些维持生计,所以花费的工夫和人家有天壤之别。比如说,我们养的叶子就很娇小,花瓣也没有人家的大。

慢慢地,我开始养双盆花。同一种花卉,养上两盆,万一有一盆不开花,另一盆还可能开;万一一盆枯萎了,另一盆还可能保持物种的延续。就像红掌一样,我自己有一盆,花友又送了我一盆。终于,有一天,我发现我养的红掌,基部也开始泛出一丝红色。慢慢地,两支花茎长高了,高过所有的叶子了。很有趣的是,红掌和别的花不一样,它是紧紧地闭合着的,像一张纸被卷起来了一样。此时,它是一根。完全盛开后,变成一朵。这两朵红掌花孕育的时间很长,像婴儿在睡觉,它们在积蓄力量,吸收营养,很薄的花瓣开始慢慢变得厚实起来,色泽越来越鲜艳。猩红色的,在秋天,给人一种热烈而又温暖的感觉。

这花烛,点亮了秋天,点燃了我的喜悦。

红与白

《红与黑》，是司汤达的代表作。

《红与白》，也是司汤达的作品，但知名度远没有前者高。

我看到红掌和白掌两种植物后，就想起了司汤达的作品，这是很自然的一种联想。想想，蛮有趣的。

我不知道它们的名字为什么都和手掌有关，我只能从一种貌似有道理的推测，来判断给花卉命名的出发点所在。它们二者，的确像手掌。红掌，像是一只摊开的手掌，托着肉穗状的花序。从外形看，像是蜡烛，故叫花烛。白掌呢，像是一只竖起来的手掌，所以才叫白掌吧。其实，白掌还有别的名字，如苞叶芋、一帆风顺、和平芋、百合意图、白鹤芋。

无论是红掌，还是白掌，名字都非常讲究，第一个字与花朵的

花园巡阅使

颜色有关，第二个字与花开的形状有关。二者结合，构成了它们的名字。虽然它们都是天南星科植物，但二者区别还是很大的。单从叶片上，就很容易将它们区别开来。红掌叶子厚实，革质，绿色的，叶片之中没有褶皱，叶脉清晰可见；白掌的叶子是墨绿色的，颜色极深，几乎接近于黑色，叶子中有深深的纹路，很像人额头上的皱纹。总体的感觉，红掌厚重，白掌单薄。

红掌和白掌，都要使用一个名词：佛焰苞。它是指植物的花序外面常有一片形状特异的大型总苞片，恰似佛像前一支插着蜡烛的烛台，这个苞片被称为佛焰苞。非常有趣的是，红掌的佛焰苞是平出的，白掌的佛焰苞是直立向上的。红掌的肉穗花柱是黄色的，白掌的肉穗花柱是白色的。白掌分布于哥伦比亚，分布在热带雨林中。红掌和白掌一样，原产地都在外国，被我国引进后广泛栽培。

红掌和白掌一样，花朵都是从基部生长出来的。由于生长的环境差不多，所以它们的生长习性和特点也有很多相似之处。不浇水不行，浇多了也不行。按理说热带雨林植物，应该是不怕水的，但水一多，它们就烂根。没有阳光不行，夏天太阳直射又不行。自然

红与白

环境中的植物,适应能力极强,但一旦养到花盆里,那就娇气多了,脆弱多了。今年北京的雨水多,放在窗外的地里,真怕红掌和白掌根部腐烂,只要雨一停,我马上就把它们放在窗台上。当它们的花儿凋谢了,我就开始担忧了,花还能开吗?这种基部生长的花朵,其生长周期似乎比枝头上开放的花朵要长一些。等待花开的人,得不停地向花盆里面探查花朵的动静。

不管怎么说,这墨绿色的白掌,看起来总是有些冷峻的,好像缺乏热情一样。换句话说,就是比较沉静、恬静,不像红掌那样热烈、奔放、生机勃勃。不过,有一点特别有趣,红掌的花朵凋谢之时,也不过是色彩黯淡了一些,原色变化不大。白掌就不一样了,白掌绽放的时候,是乳白色的,过了成熟期以后,花朵就慢慢变成绿色了。红掌的花柱看起来很干净,而白掌的花柱看起来很脏,就像许多泥巴粘在上面一样,仔细看,还有一些蚂蚁一样的黑斑点。不过,这只是一种错觉,那些黑色斑点,其实是小昆虫。传播花粉的小昆虫,被浓烈的气味儿所吸引,到这里来帮忙了。这倒是一件很有意思的事。有不少植物,会散发出一种昆虫蛮喜欢的味道,招引昆虫来授粉。有人说这是诱骗,是骗局,但我觉得这是一种生存技巧，是一种智慧。

蹲下身子观察白掌，总有一种肃然起敬的感觉，身体和心灵不能不静下来，浮想联翩。

藿 香

突然之间,小区不少人开始播种藿香了。一排,两排,一小片,整整齐齐,像庄稼一样。毫无疑问,这是居民正儿八经自己亲手播种的。

我纳闷儿,为什么呢?流行就是这种东西,或者人们知道了它的实用价值,或者因为它美,或者因为它香,或者因为别人种了我喜欢我也种。先前,很少有人种,除了我,很少见到别人也种,为此,不少人还常常向我打听:"你种的那个是什么?"

我种的是藿香,说这句话我是底气不足的,毕竟,不是我撒的种子。可能是小鸟衔来的种子,也可能是风吹来的种子,反正在我的石榴树下,长了一棵藿香,后来变成了一大丛。藿香是多年生草本植物,你不用管它,来年它可以继续生长。

花园巡阅使

先前，在石榴树下，紫薇树旁边，月季的中间，长出了一棵藿香，但我不知道这是什么植物，当我走近它的时候，差一点儿被它浓烈的香气熏晕过去。太刺激了，比薄荷的气味儿还要强烈。仅凭着它的香气，我几乎就可以断定，它属于芳香植物的种类。好在我是闻过和熟悉藿香正气水那种气味儿的，所以，我猜测它可能是藿香。后来一查，果然是藿香。

有人说藿香可以食用，比如做菜呀，做汤呀，等等，但我从来没有尝试过。我种植的所有花卉，都是以观赏为目的的，至于它的实用性，我从来不考虑的。但在社区内，中年以上的人，很喜欢种点实用的东西，比如南瓜，比如红薯，比如豆角，比如辣椒，比如丝瓜，我从不轻视这种人，我觉得这是中国人勤劳的优秀品质。毕竟，我们国家是一个农业大国，小农经济的意识根深蒂固。也许，别人会认为这是弱点，但在我看来，恰恰是优点。

我保留了藿香，因为它增加了我的植物种类。我喜欢观察它的生长过程，因为每一种植物都是一本书，都是一个独特的世界。它有许多秘密等着我去发现、去探究。第二年，它又长出来好多棵。藿香自然生长的力量是强大的，它对土质要求不高，从另一个角度

藿香

说，极容易养活，几乎不用人去管理它。有些植物，无论是野生的，还是自己种植的，它永远保持着一种习性，完全不会因为环境和生长条件的改变而改变自己，藿香就属于这种植物。更多的植物，只要人工一种植，它就变得娇气了，脆弱了，需要更多的关爱了。

藿香刚刚破土而出的时候，我就发现了它与众不同的一面，用人们喜欢用的文学表达就是：一生下来，我就老了。它似乎就没有幼小过一样，一出生，叶面上就纹路横生，像是历尽沧桑一样，不像很多幼苗，那么清新，那么娇嫩，让人充满喜悦和怜惜之情。它老气横秋的样子，让人发笑。它的叶片是深绿色的，叶片很单薄，无光泽，一副大病的样子，缺乏活力，缺乏光彩，但却是强劲的、极有韧性的，当它长大以后，即便被风吹倒了，它依然可以顽强地生长。

按照科学的说法，藿香茎直立，高 0.5~1.5 米，但据我观察，它的高度可以达到 1.7 米以上，接近 2 米。它的茎和紫苏的茎是一样的，都是四棱形的。在我的记忆中，芝麻的茎好像也是四棱形的。藿香开花以后，让我突然产生一种错觉，好像它们是芝麻一样。藿香的花朵是紫蓝色的，圆筒形穗状花序。其实，成熟的紫苏种子的

花园巡阅使

气味儿，才和芝麻的香气更相似。如果仅从香气的感觉层面而言，紫苏、芝麻，浓香而又厚重，藿香则有一种刺鼻的尖锐的香气，就像化肥硝酸铵那种气味儿一样，特别刺鼻。难怪，它与薄荷都是避暑的良药，醒脑，清凉。

我的百草园里，恰好有薄荷，有紫苏，有藿香，我才可以把它们进行对比。藿香和紫苏的花期、结果时间高度一致。时值十月，紫苏的花瓣凋谢光了，藿香也是，它们都开始孕育果实了。可能是它们的种子太细小的缘故吧，我一直没有耐心去观察它们，紫苏可以压油，但我实在纳闷儿，这些细小的种子如何收获呢？芝麻的收获过程我是见过的，但紫苏的果实比芝麻的果实要小得多呀，太麻烦了。我也未曾见过紫苏油。

藿香，又叫合香、苍告、山茴香，但这些名字我没有听说过。在山西的南部，在我的家乡，也很少有人种这个。我家乡的人喜欢种树，不太喜欢花花草草，最多，种点月季、指甲花什么的。人们喜欢什么，不喜欢什么，重视什么，冷落什么，都是有心理动机的，但这有什么好研究的呢？被那些老乡们知道了，肯定会不屑地给你一句：吃饱了撑的！的确如此，有些事情不必去钻牛角尖的。

藿香

　　我种的藿香已经长了数年了，形成了一个不小的老根，每年都会长出几棵傲然挺立的藿香，它像一个巨人一样，很骄傲地打量着它的兄弟姐妹。现在我不用去考虑种藿香了，风一吹，种子满园都是，只需要春天间苗就可以了。这些老根里长出来的藿香，比别的藿香都要强壮，都要高大，都要茂盛。所谓的根深叶茂，虽然仅仅是一句成语，但它却很有科学道理。

　　藿香之美，不在叶、花、果上面，而在它看不见的香气里面。闭上眼睛，轻轻呼吸，我就能感觉到：藿香来了，藿香还在，藿香一切都好。它就像一个老朋友似的，远远地跑来向我问好，给我宽慰，和我热烈地交谈。

秋天，再见

秋天，再见！

攀缘在石榴树上的凌霄花，一朵一朵在向秋天打招呼。

秋天，带着它的庞大的团队，慢慢地向冬天走去。

而凌霄花，则要开始做春天的梦了。

花园里，盛开的鲜花们，多么喜欢秋天呀。它们在秋风中摇曳，它们在秋阳下嬉戏，在秋天的天空下自由生长。

但每一种花，每一朵花，都是很懂礼貌的。它们在离去之时，都会深情地和秋天打招呼：秋天，再见！

人有悲欢离合，大自然也有阴晴圆缺。在离去和道别之间，心态是极重要的。

这些花朵们，是欢喜的，是感恩的。

秋天，再见

人生一世，草木一秋，没有什么是永恒的。所以，永恒成了我们永恒的追求。

过程是最美丽的，努力是最重要的，最大限度地绽放自己、成为自己，这是花朵们告诉我的道理。

花朵们努力的样子，很可爱，如同每一个孩子在童年所做的努力一样。

高高低低的花，大大小小的花，形形色色的花，都会经历生长、绽放和告别的时刻。

瞧瞧每一朵灿烂的花，它们的笑容告诉我，它们没有荒废时光，它们没有什么遗憾，它们努力追求过，它们从容地绽放过。

此刻，它们将和秋天——告别，像是刚刚参加完一场舞会，像是刚刚参加完一场音乐会，像是刚刚参加完一场盛大的节日庆典。

它们喜气洋洋，它们笑容满面，就像是欢天喜地去赴约。

秋天，再见！秋天，再见！秋天，再见！

月季与玫瑰

有一阵子,我想把我窗外的那片小地方,全部种上月季,弄一个诗情画意的名字——月季园,自娱自乐。但我的个性妨碍了我,我喜欢做个杂家,而不是某一个领域的专家,所以,这个小梦想便无疾而终,但值得庆幸的是,我种的花花草草中,月季还是最多的,有二十多株。

我一直不知道我们的国花是什么,仅凭实际的花开种类和普遍性来说,月季应当排第一名的。尽管牡丹和梅花的呼声最高,但和月季比起来,那简直就是小巫见大巫,有天地之别。我曾在一本20世纪五六十年代的旧书《月季花》中,看到一个资料,说那个时候,我们国家月季的品种就达到了 6 000~8 000 种(印象中的数字),当时让我惊讶不已。而现在,我们国家的月季品种,几乎达到了上

月季与玫瑰

万种。无论是在南方，还是在北方，月季的影子都是随处可见的。可见，国民对月季的喜爱程度，是其他花卉无可比拟的，也是无法超越的。

我喜欢月季，是因为它的花朵漂亮，花期长，种植的难度不大。月季的花色繁多，人们不断培养新的品种，从从前的纯色，或者说单色，发展到了杂色、变色等。但令人尴尬的是，很多年，我都搞不清月季和玫瑰的区别，以至于在不少场合，我都把月季当作玫瑰向朋友们推荐。据我所知，就算是现在，依然有很多人搞不清月季和玫瑰之间的区别在哪里。也许是养了月季之后，我注意观察的缘故，才不至于把月季和玫瑰搞混淆。

我区别二者的方法是很简单的。第一，闻其香。仅凭香气，在大多数情况下，可以把玫瑰和月季区别开来。玫瑰有浓郁的香气，而月季是没有浓烈的香气的，把自己的鼻子凑近月季，使劲儿嗅，才能闻到淡淡的香味儿，但这种香味儿，更确切地说，是草木的香味儿。人们之所以容易把玫瑰和月季搞混，是因为它们有太多相似之处。玫瑰、月季、蔷薇，都属于蔷薇目、蔷薇科、蔷薇属的植物。无论是叶子，还是花朵，它们都有相似之处，极容易将它们搞混。

花园巡阅使

这也很正常，毕竟，它们有相同的"血缘"。

我们常常会赋予植物以各种文化含义，在歌曲之中，玫瑰和蔷薇，出现的频率要远远高于月季。这种文化的导向，往往会让玫瑰和蔷薇所受的关注度远远高于月季，就像所谓的网红一样，网红总比一般人的名气要大得多。和现实不同的是，人们更喜欢种养月季，而不是蔷薇和玫瑰。

月季，也叫月月红，花期格外长。按照科普的说法，花期是四月到九月，是自然生长的花期，但这种说法是不确切的，月季的花期应该延长到十一月，尽管十月的月季远没有之前的花瓣大，但它依然开个不停。如果说花期有周期的话，那么，第一轮和第二轮开的月季花瓣最大，之后依次减小。这也是符合自然规律的。

玫瑰有刺，月季也有刺。

它们之间的第二个区别，在于叶子。月季的叶子舒展、大、有光泽，叶面上没有褶皱。玫瑰的叶子表面皱纹横生，像老年人额头上的皱纹一样。我的一个花友，用玫瑰做了栅栏，我差一点儿把它当成蔷薇。花友告诉我，他种的玫瑰，是那种食用玫瑰，做糕点用的。也许是秋天的缘故吧，看到玫瑰叶子病病歪歪的样子，我无论

月季与玫瑰

如何也不能把它与我心目中的美好的样子联系在一起。花友特意送了我两棵，很遗憾，今年没有开花。但令我开心的是，我种植的花卉品种又增加了。

玫瑰的花期，没有月季的花期长。这也是区别二者的辅助方法。

我一直觉得月季的花瓣比玫瑰的花瓣肥硕、厚重。如果把二者进行比较的话，月季显得健康，像《红楼梦》里的薛宝钗一样，而玫瑰，则像其中的林黛玉一样。人们之所以对玫瑰钟情，我想娇弱是其中一个原因吧。因为娇弱，便需要呵护，需要关爱，人们便不由自主会产生怜惜之情。这是玫瑰需要的，是玫瑰给人的联想，而月季则不需要，它的饱满、健康，给人一种生命力旺盛的感觉。尤其是十一月的时候，寒风瑟瑟，它还开放着，顽强地和寒风进行较量。这对于玫瑰，是不可想象的。

月季、玫瑰、蔷薇都是灌木，但蔷薇比前两种更容易识别一些，蔷薇的花瓣，要远远小于月季和玫瑰，更重要的是，蔷薇大多是藤状植物，做花墙最为适宜。我们小区的墙体上，有数千米的蔷薇做的花墙，蔷薇开放的时候，蔚为壮观。从花墙旁边走过，心情格外愉悦。我种了一株蔷薇，非常遗憾的是，它一长出来，就歪歪斜斜

花园巡阅使

的，根本无法直立，它的藤蔓倒伏在地上，横向生长。蔷薇的藤，可以和月季与玫瑰区别开来，但现在月季也有藤状的了，如爬藤月季。有的小区居民很喜欢爬藤月季，便在自己的窗外种植了。不过，还是那句话，蔷薇的花瓣没有月季的大，没有月季的花瓣厚，也没有月季的花瓣数量多，但是这是我直观的感受，我并没有去数。

我种的月季，有二十多株，到底有多少品种，我说不上来。我国月季上万品种，而且每一种都有自己的名字。作为一个喜欢养花的人，非园艺专业人士，尤其不是养月季的专家，说不上来自己种的月季的名字，这太正常不过了。倒是我的另一个花友，喜欢种植月季，他在这方面比我强许多。他喜欢网购，买不同品种的月季，我估计他买的月季种类，差不多达到了几十种。我只能从月季的颜色上分类。我养了四种：红、黄、粉、蓝。从颜色上分，我可以算是养了四大类。一般说来，最原始的月季，花瓣和花朵都相对小一些，基本都是红色的。新的品种，花朵几乎比原始的大一半，有时候还不止。月季的大小，可能与单瓣和重瓣有关系。单瓣和重瓣的月季，给人的观感大不相同。重瓣月季，犹如牡丹一样，有富贵和富态之相，用雍容华贵来形容，也是贴切的。

月季与玫瑰

我养的月季中，只有一种我能叫上名字：蓝色风景。蓝色风景是我南京一个朋友送我的，说是蓝色，其实是偏紫色的，可以说是蓝色与紫色的混合。月季，我国是原产地之一，现在国外很多人也很喜欢，不断培植新的品种。朋友送我的蓝色风景，就是英国一个园艺师于二〇〇六年培育出来的。当时是装在一个四四方方的塑料盆里的，后来我把它埋在窗外的绿地里。当它在花盆中的自然花期过了之后，叶子就开始枯萎、凋落。很多花，从花市上买回来之后，过了一个星期，差不多就终结了。毕竟，那些花还需要重新换盆、换土、适应。蓝色风景的特点是花多，生长快，但开花和凋谢的过程很短，远远短于我养的其他品种。一轮花，很快凋谢；到第二轮，很快又凋谢。这下，我陷入一种恐慌之中，我以为，它再也不会开了。没想到，十月了，还有花苞冒出来。

我养月季，有两大烦恼，一是心太慈，每逢剪枝时节，舍不得下狠手，真有点儿古人所说的那样：心慈不能掌兵。同样，心慈，也不太适合养花。花友笑话我说："你太怜香惜玉啦！"花友提出，由他来帮我剪枝。我咬咬牙，还是自己来吧。月季已经长那么高了，咔嚓一声，剪得只有几寸高了，虽然我知道，月季花都在新枝上开，

花园巡阅使

剪短是为花积蓄营养和能量，也是为了憋粗憋壮，但下手时还是挺心疼的。浇水、施肥，都是简单劳动，没什么可说的。另一大烦恼，不是心疼了，而是愤怒，因为虫灾。只要一下雨，一枝月季上，就会爬上来很多条小青虫，它们啃咬的速度之快，令人瞠目结舌。有的月季，整株都被咬得光秃秃的。在消灭小青虫方面，我觉得自己有点儿残暴而无情。这是一种很矛盾的心情吧。

冬天快要来了，趁冬天还没有来临之际，我还是希望能再增加一些月季的品种。下狠手，把月季的枝修剪一下。另外，再把蓝色风景从盆里移植进大地里。我一直是把花盆半埋在土里的，大地给人力量，大地给万物以生命的滋养。

合成花

我有一盆花,是从湖南湘西带回来的。我给它取了一个有趣的名字:合成花。

合成花,是一个花盆里,长着三种花,就像三合一的洗发水一样,故,我给它取名合成花。

今年,我去湖南湘西作讲座,抽一个空当,在一个山谷里的民宿那里,吃了一顿饭。那是一个幽静的处所,到处都是郁郁葱葱的植物。民宿的老板是一个村民,自己盖了一座三层的小楼,好家伙,木板的结构,木板的装饰,全是这个村民一个人搞的。紧挨着小楼,是一个山坡,山坡上有一大片空地,这个村民说,他打算把它建成一个花园。他的院子里种满了各种花卉,不仅如此,大大小小的花盆里,也种了许多花。

花园巡阅使

　　我非常喜欢这些花，非常兴奋，这位村民一高兴，就送了我几盆花。其中一盆是杜鹃。我犹豫了半天，才决定接受。我告诉他说，我曾经养过几次杜鹃，不开花不说，而且还养死了。最难受的是，杜鹃让我养一年，仍像个矮人国的小矮人一样，永远都是那个样子，简直就像假花一样，真让人生气。

　　他告诉我说，这个杜鹃太好养活了，很容易的，他让我放心。我后来听花友说，之前养不好，是因为我用的土不对。有的花需要酸性土，有的花需要碱性土。在这方面，我的确是一窍不通。也许是个性所致吧，太复杂的事情，太细致的事情，我都做不来，我就有苦力，喜欢卖力气的活儿。不过，我想，这盆花里的土，是从本地带走的，应该会好一些。

　　从湖南湘西带花回北京，自然费了一番周折，幸亏有陪我进校园作讲座的尹朋友的帮忙，我才顺利将它带回北京。本来，这是一盆杜鹃，但杜鹃小小的花盆里，却还长着另外两种植物。一株是青蒿，绿油油的。另一个是散开的蓼花。最初，我不认识蓼花，村民也不认识，只是在湖南的山里，我见过不少。它叶子细长，茎细长，长得秀气而又别致。我不忍心除掉它们，毕竟，它们都属于大自然

合成花

的子民，所以带回北京以后，一直任由它们自由生长。

我发现，我又陷入了从前的尴尬境地，杜鹃几乎不长，而那株青蒿，已经亭亭玉立，长得有一尺多高了。

许多人都搞不清艾蒿和青蒿的区别，甚至有的人还把青蒿当艾蒿，把艾蒿当青蒿，这不足为怪。虽然说喜欢花花草草的人很多，但下功夫去研究它们、观察它们的人，却是少之又少的。青蒿实在太绿了，虽然已经是秋天了，春天的植物也比不过它的清新和娇嫩。它的叶子，像文竹一样给人的感觉如梦似幻。蓼花更不得了了，一直横向生长，好像想从花盆里面跑出来一样，它扩张的样子，最大限度舒展自己的样子，真像人在大自然面前陶醉的样子，想拥抱太阳，拥抱天空，拥抱大地，拥抱整个世界。

蓼花开花了，小小的花朵，像米粒一样细小。不知怎么回事，它让我想起了水红花子的花朵。它们的花朵的色彩，很是相似呢。仔细一了解，才知道，原来它们是亲戚，水红花子也是蓼科蓼属植物。相似的花朵、叶子、茎，以及形状，只要有相似的成分，十有八九可能是同一科同一属的植物。这是认识植物的一种很有效的方法。这虽然是一种感性的认识，或者说是经验，但都有科学的道理。

花园巡阅使

毕竟，同一科同一属的植物有很多种，少则几十种，多则成百上千种。这种识别的方式，和认识人种倒有几分相似呢。

本来，我很沮丧，因为杜鹃花看来又养不成了，但青蒿和蓼花却给我带来了意外的惊喜。真应了那句话：有心栽花花不开，无心插柳柳成荫。在患得患失中，要保持平和或者获得心理平衡，需要一个支点，这个支点也就是平衡点，它就是意外的收获，意外的惊喜。

我常常喜欢说的一句话就是：大自然是一本神奇的书。它可以是哲学书，可以是诗歌书，可以是绘画书，可以是音乐书，就看一个人具备什么样的素质了。这盆小小的合成花，在我眼里，是一本小小的人生智慧的书，至少，它可以调节我的心态，给我以启迪。

迁 徙

喜欢养动物和喜欢养植物的朋友，都不容易，甘苦自知。但相比之下，养动物要比养植物容易些，毕竟，动物会发声，饿了病了，都会叫唤，哪怕是呻吟；植物呢，默默忍受一切，需要更多的关注与呵护。

天冷了，一场秋雨一场寒。这几天，北京要大降温。我的这些没有腿的朋友，不会走不会跑的朋友，面临着一个巨大的难题：迁徙。喜欢养花的朋友差不多都知道，能够在室外过冬、抵御严寒和低温的植物，毕竟是少数，更多的需要搬进室内养。这是一个巨大的工程，对于喜欢养盆景、木本植物，以及养的花卉数量多的人而言，更是如此。

迁徙的第一个难题是寻找放置花卉的空间。养花和藏书的朋友，

花园巡阅使

永远的烦恼是房子不够大。喜欢藏书的朋友，喜欢养花的朋友，乐于不断地增加自己所爱的东西的数量，就像我们工薪族对于财富的收入一样，自然是多多益善。这是人类不断进步、世界越来越美好的基本动力之一。但搬进室内的花卉，最适合的空间，无疑是阳台和靠近阳台的地方。我的藏书，放在地下室的书房里，如同一个大仓库，它们倒是对阳光无所求的，只要不潮湿就行。花卉不行，需要阳光，哪怕是散光，哪怕是折射光，它们总是对阳光有着矢志不渝的爱意。而阳台，有多大的空间呢？

自然而然，这成了我的第一大烦恼。怎样摆放这些花卉，要根据它们的大小、对阳光的需求度、人行走的方便度来决定。三角梅，占空间最大，我这棵三角梅已经是老根了，枝叶繁多，必须修剪一下摆放才行，不然，它占据的空间太大了。佛珠，挂在晾衣架上最合适。六七盆一串红，开得正艳，放在向阳的窗台上最佳。还有飘香藤，我是挂起来，还是放在地上，这是需要斟酌的……更多的考虑不用了，因为第二个烦恼来了。大大小小的花盆，需要搬进来，那是需要一番苦力劳作的，小小的花盆，好说，那些硕大的花盆，恐怕需要费一番体力了。

迁徙

邻居大哥七十多岁了，他喜欢养盆景，巨大的花盆，长方形的，水泥制作的，一个人绝对搬不动。两个人抬，都费力。他的几盆大花，春天的时候，我帮他搬出来，现在，我必须帮他再搬回去。他是一个动手能力极强的人，工人技师拥有的一切工具，他手里都有，连电焊机都有。他在背阴面的窗户那里，用钢筋焊接了一个专放盆景的大架子。因为焊接得有一点点不稳当，我们索性把盆景搬到花园里去了。突然之间我产生了一种苍凉的感觉，大自然真的是太无情了，随着年龄的增长，人的体力大不如从前了，一日比一日差，许多爱好坚持起来越来越艰难了，而有的，则不得不放弃。看到报纸和网络上说，我们老龄化的时代快要到来了，现在真有一种深切的感受了。想起前些年给金波先生写的一首诗，我表达说"我是你的眼睛，我是你的手杖"，这是一份美好而又善良的愿望，甚至是一份浪漫的美好，但想做到谈何容易，我们相距几十公里，去探望他一趟都不方便。

我们小区有一个老教授，是搞机械研究的，八十多岁了，常常身穿车间工人在车床上干活的护裙，在他的花园里忙碌。他，包括我的邻居大哥，都是老人之中的佼佼者，动手能力比我这个中年人

花园巡阅使

要强百倍。他在自己家的窗框上安装了一个电动葫芦，把花盆从屋里搬出来，或者把花盆从屋外搬进屋内，都靠这个电动葫芦操纵。他手拿遥控器，按动按钮，电动葫芦就可以来回移动、升降。如果这些便捷的工具的发明多一些，倒是可以帮助老人做不少事。但是，把花盆从花园搬到电动葫芦那里，还是需要走一段距离的。

迁徙是艰难的。不管是前一段时间人们关注的野象迁徙，还是搬家，或者一个简单的花盆的移动，都是一项浩大的工程。我对邻居大哥说："大哥，你不要担心，有我在，搬个花盆是小意思。"简单的体力劳动，却是对体能的一种严峻的考验。唯有此时，一切豪言壮语，一切雄心壮志，都显得苍白而又乏力。人也在不断地迁徙啊，谁曾关心过自己内心世界的迁徙。我们在变化，这个世界也在变化。

望着不断开放的萼距花，我想，搬回室内，这个冬天，它还会开花吗？

生命的颜色

十月中旬以后，花园里的花花草草，呈现出一种别样的色彩。

人们之所以喜欢秋天，很重要的原因之一，大概就是秋天的植物有着五彩缤纷的颜色。

在春天和夏天，植物们都是一片生机勃勃的绿色，仅从色彩方面来说，是单调的，不容易给人眼前一亮的感觉，也不能点燃人们审美意义上的愉悦和激情。一般来说，极容易造成审美疲劳，换句话说，叫幸福的疲惫。

秋天大不同，植物的颜色丰富多彩，如果用生命的颜色来形容非常妥帖。这是生命原本的色彩，是生命最丰盈的色彩，像是一个高明的化妆师或者说是高明的画家浓墨重彩涂抹出来的一样。

紫苏显得很沉静，一副智者的超然姿态。有的叶子开始发黄，

花园巡阅使

有的依然翠绿，但绿中已经悄悄泛出黄的微光。花柱两旁的果壳，开始变成灰褐色的了。那种醉人的芬芳，犹如炒熟的芝麻一样的芬芳格外浓烈。

无论是月季的颜色，还是杏树的颜色，都绿得凝重，犹如雕塑一般富有质感。我仿佛能听到"风萧萧兮易水寒"的激越之声。这不是悲哀，不是悲凉，而是悲壮。

令人惊奇的是，凤仙花的叶子本来是绿色的，可是现在却蒙上了一层白色，犹如涂了一层厚厚的白粉一样，几乎看不到绿色了。原来的绿叶红花，现在成了白叶红花。花朵一朵一朵凋谢，残留几个，依然盛开。只是，那绿中带黄的果实，圆鼓鼓的，似乎随时都会炸裂开来。

飘香藤开始伸出细细的长丝，弱不禁风，像是在空中表演舞蹈一样。怎么看，都像是在跳芭蕾。不过，这是独舞。如果能有依靠，比如说凌霄的藤蔓，石榴树的小枝条，紫苏的叶子，只要是一个可以依靠的东西，它马上就会依附上去。看来，独舞是现实，双人舞才是心里的愿望。不过，它的叶子开始发黄了。

绿色的蓼花，叶子开始变黄，还有绿色残存，配上粉色的小花

生命的颜色

朵,别有一番风韵。一株蓼上,竟然有四种色彩:绿,黄,粉,红。让我惊喜的是,那一株亭亭玉立的小青蒿,开出了米黄色的小花朵,开始孕育果实了。

无论哪一种植物,似乎都喜欢多姿多彩,不喜欢单一,它们努力让生命绽放出多样的色彩,这也许是花花草草们在这个世界上的使命,它们必须不折不扣地完成它、实现它。

花儿是有生命的,花儿是有灵性的,花儿是有智慧的。在这个地球上,植物远比其他生命的历史要久远,只是因为它们不会走,不会跑,不会说话,所以才显得很安静,可是,在这个安静的世界里,它们为生命延续所做的一切竞争与拼搏,比人类的世界和动物的世界更残酷,更惨烈。

一串红,已经是三种颜色了:红,绿,黄。红的是花朵,绿的和黄的是叶子。一片黄的叶子落下来,一片小小的绿叶又长出来了。生生不息,前赴后继,这就是强大的生命。

秋天真是一个神奇的季节,我们会发现,有些植物在逆生长。我养的两盆漏斗花,一盆已经枯萎凋谢,看不见影子了,似乎从来就没有来过这个世界一样。它已经开始在土里默默积蓄力量,准备

花园巡阅使

来年再见。另一盆却郁郁葱葱，硬生生长出了春天的感觉。看看那密密麻麻、叶子硕大的虎耳草，这哪里是秋天，简直比春天还要春天。

这个时候，二月兰悄悄地冒出来，在地里，在花盆里，比春天还要娇嫩。小小的牛蒡，竟然竖起大叶子，想飞起来。谁都无法阻止这生长的欲望，这新绿不是想奏响秋天的赞歌吗？紫薇叶子要红了，圆圆的黄栌叶子也要红了。瞧，这就是生命的颜色。

人生不也是如此吗？百岁老人任溶溶，还时不时在《新民晚报》上发散文；八十多岁的金波先生，每年都有新书出版；王蒙先生，豪气满怀，还有很多事要做呢。这才是生命的本色。他们是红叶，要燃烧自己，绽放自己。点亮自己的人生，照亮他人的人生，这是生命最豪华的色彩！

你从哪儿来

黄得深邃、黄得艳丽的几株紫苏，在窗前的土地上静默无声。

似乎，它们有着满腹的心事，它们在回忆从前的时光。

现在是春天，那些新芽在土层下面蠢蠢欲动了。

我只是惊奇、惊讶，这些紫苏并不是我种下的，它们是从哪儿来的呢？

也许，是风吹来的吧。

它们的种子太小、太轻，比芝麻、米粒不知道要小多少圈儿呢。

取一粒种子放在掌心，感觉它就像蒲公英的絮儿一样轻。风一吹动，它们完全可以随着风儿去旅行。

也许，它们是鸟儿衔来的吧。

常常有喜鹊在小水渠里饮水，这一定是它支付的饮水费吧。我

花园巡阅使

常常给小水渠里注满水，一大半是为了浇灌种下的花花草草，一小半就是为了给喜鹊喝。

感恩，是这个世界所有生命最美好的品德之一。

我相信，一定是喜鹊衔来的种子。

你从哪儿来，我不知道；你是怎么来的，我不知道。但我知道，拥有好奇心总能多收获一些诗情画意。

你从哪儿来？也许是从我的梦里来。

因为我有很多很多憧憬，因为我有很多很多期待。

观察与想象

瞧，牛蒡的叶子，大而宽，就像一柄蒲扇一样。

瞧，鬼子姜多么像向日葵呀，金灿灿的花瓣。

但如果你走近它们，仔细地端详，就会发现它们细微的差异。

牛蒡的叶子再大，没有蒲扇圆。鬼子姜的花瓣无论多么像向日葵，但它的主秆儿没有向日葵的主秆儿粗，而且，它没有饱满的籽粒。

绘画是对大自然的模仿。

没有观察，不可能绘得真实；没有观察，不可能绘得逼真和传神。

齐白石的虾，徐悲鸿的马，没有观察，不可能画得惟妙惟肖。

观察是基础，想象是升华。

绘画中的想象是对大自然的再创造。

大自然中的一草一木，只要落在画家的笔下，必然会带上画家

的情感、精神。而画家所绘的一切，都是借助想象完成的。

观察让事物活灵活现，想象让事物插上翅膀。

一切艺术，就是这样创造出来的。

小点缀

去年，狠狠地吃了一回沃柑。从沃柑上市，一直吃到沃柑退市。

沃柑是一种新品种，属于柑橘杂交的，个儿大，甜，爽口，水分足。起初，我还搞不清这红彤彤的家伙是什么，是橘子、柑子，还是橙子？在超市，人像一团蚂蚁一样，纷纷抢购沃柑。从经验上来说，大家都喜欢的东西，一定是有人尝试过了，并且是有充分的喜欢的理由的。

我挤进人群一看商品标签：沃柑。

第一次听说这个名字，虽然价格昂贵，我还是毫不犹豫地购买了七八斤。

回家一尝，了不得，爱上了沃柑。只要轻轻地咬一口，那果肉就变成了糖水、蜂蜜水一样，往嘴里流。几乎不用牙齿了，吸溜就行。

花园巡阅使

我喜欢，就特意留了几粒种子，随意丢在花盆里，丢在窗外的土地里。那一刻，我暗暗想：也不知道这家伙能不能发芽长出来。

转过年，嘿，在地里，在花盆里，都长出来了。沃柑的叶子，和橘子树的叶子是一样的。毕竟是木本植物，那叶子和草本的叶子大不相同，坚硬、厚实、木质化。而橘子树的叶子，像涂了一层釉一样，闪闪发光，是极容易辨识的。

我小心翼翼地把它们挖出来，移进花盆里。木本植物的根须和草本植物的根须也大不相同。一支主根，根须短小，而且很紧凑。相反，草本植物的根须密密麻麻，纵横交错，犹如丝线一样纤细，稍微弄伤几支根须，很可能就枯萎了。但木本植物生命力顽强，或者说生命力强大，即便不带一粒土，纯粹是裸根，移植也好活。草本植物就不容易了，不带土，很容易死掉。

五六盆沃柑幼苗，生长的状况不同。哪怕是一样的土，一样的肥，获得的阳光一样足，它们的高低、粗细、叶子的多少，还是不相同的。也许，这是种子自身的问题吧。如同许多人从幼儿园一直到大学毕业，受到的教育和授课的老师都是一样的，但大家在个人成就方面也是大不相同的。我们不得不承认，先天性因素，或者说

小点缀

基因，会起很大作用的。

最小的沃柑幼苗，只有两片叶子，最大的，已经有八片叶子了。它们的叶子是对生的。

有一天，我在窗外的地里发现两棵奇怪的幼苗，不知道是什么东西。蹲下身来研究半天，才断定是两棵花生苗。因为我发现了未曾脱净的花生的胚胎。

我想起来了，在窗外的地里干活时，我一边吃着花生，一边干活，也许，一两粒花生仁不小心掉在泥土里了。嘿，没想到它们长出芽了。它的叶子和野苜蓿、决明子的叶子太相似了，如不仔细辨认，很容易混淆。我把它们移进两个花盆里，垫上了半尺多厚的土。因为花生是长在土里的，土层太浅，不利于它孕育果实。

有一棵花生苗开花了，小小的，黄黄的，像鸟儿的喙一样。

能不能结花生，不得而知，也不重要。

沃柑树能不能长大，能不能结果，不得而知，我也不在乎。但我已经开始盘算，要把它们送给几个爱养花的朋友。这家伙长得很慢，我决定先养上两三年，再送别人。

这两件极小的事，给我带来了意外的小惊喜。这算是生活中的

小浪花吧。我喜欢这样点缀生活,让平淡的日子增加一点儿乐趣,增加一点儿惊喜,增加一点儿浪漫,增加一点儿期待和憧憬,犹如给沉闷的生活开了一扇小小的窗户,让风和阳光进来,这便是小点缀的意义和价值所在。

小梦想

我有一个统计表，统计着我种养的植物的数量和名称，其中藏着我的梦想、我的快乐和我的秘密。

我一直梦想着，我种养的植物品种能达百种以上。但是，当数字爬升到六十多以后，几乎无法再前进了。这是一个令人沮丧的事实。

我种植的一株芍药死掉了，因为移植的缘故。

我立刻搜寻新的植物品种，替代它。种一盆盆栽的罗汉松。

我种植的一株酸浆，都开花了，突然死掉了，因为暴晒的缘故。

我用几株五角星花替补它。

这些花花草草，有木本、草本、藤本。草本大都是一年生或者两年生的，寿命极其短暂，但来年大都会继续生长。而有的，永远

花园巡阅使

没有机会了。

花开花落，这种自然的规律，我觉得极其正常。落红满地，也许会有点儿感伤，这是触景生情的感伤，绝对不是悲伤。

而那些中途夭折的，不禁让人悲伤、沮丧、气馁。如果因为意外，那是另外一回事，但如果是因为自己的缘故，比如照料不周、移植不当而导致花草枯死，那就有点儿心痛了。

毕竟，这是人为的，是可以避免的。

花儿和人生，何其相似。东边日出西边雨，有人从这个尘世离去，又有新的生命诞生在这个世界上。

见多了人世间的生离死别，已经习惯了人生的无常。但是，白发人送黑发人的悲伤，还是会让我不胜唏嘘，尤其是那些因为可以避免的意外而离开这个世界的孩子，更让人心痛不已。

每一个生命的生长过程都是不易的，每一个生命都值得珍惜。我们度过的每一天，都是值得珍惜和回味的。

我现在感觉有点艰难了，突破百种的目标遥遥无期，因为一不留神，就有一种植物会弃我而去。

我只能给自己喊加油了，我相信，奇迹总在努力中出现。

草木气息

童年的时候，我很喜欢乡村里的草木气息。无论有风还是无风，草木的芬芳，泥土的芬芳，都会顺着鼻孔和汗毛孔渗进我的肺里和血液里，那是一种深深的沉醉。乡下岁月的纯净和醇厚，毫无疑问，是来自这些草木气息。

我一生下来，就开始呼吸这草木的气息。无处不在的空气，带着草木的气息，为每一个新生儿沐浴。我相信我是特别受宠爱的一个，因为我一出生就患了严重的支气管哮喘病，所以，我对各种气味儿特别敏感。而草木的气息，是我非常喜欢的。

我喜欢麦子的香味儿，在麦仓里。

我喜欢麦秸的香味儿，在麦垛里。

我喜欢夏天的香味儿，在麦笛里。

花园巡阅使

这些熟悉的气味儿，就像童年的幕布一样，拉开一层，就有一个故事。

捉迷藏的故事，藏在麦秸垛里。轻手轻脚一点儿，否则，会抖起浮尘，那样，所有的香，就都变成呛人的灰尘味儿了，眼泪、咳嗽，都会来找我的麻烦。我傻傻地等，老老实实地等，太阳快落山了，这些小伙伴们还是没有找到我。我得意，但很快被焦虑所取代了，因为麦场上静悄悄的，听不到一点儿声音。当我从麦秸垛的洞里爬出来的时候，我才发现，这些小伙伴们，早已经回家了。

我喜欢三月，槐花飘香的夜晚，我敞着窗户，看月光落在我家的土炕上。嗅一嗅浓烈的槐花香，我都要醉了。它很像爷爷身上的酒香味儿。那株槐树，就长在窗户侧面的墙根那儿。

棉花地、玉米地，并没有什么特殊的香味儿，有的是泥土的香味儿，以及草木的气息，热烘烘的，像朴实的语言一样。它们笨嘴笨舌，但忠厚绵长，给我以深切的抚慰。

在小河边，浓烈的气味儿是薄荷散发出来的清凉和清香，其中还掺杂着一些淡淡的苦味儿，那是旋覆花，它们像一枚枚袖珍的向日葵一样。在小河里，小得仅仅能没过脚脖子的小河水，清澈。我

草木气息

曾经在里面捞过几枚小小的虾。

很小,我就在田野上劳作,呼吸着草木的气息。也许是因为读过一本赤脚医生手册和一本中草药方面的书,让我认识了许许多多的中草药,它们中间,有的本身就是野菜,比如茵陈,刚刚长出来的时候,像一根根银针一样,白色的,发亮,我们用它拌面吃。当它枯萎的时候,就有一种苦苦的气味儿,这种苦苦的气味儿更像是药香的气味儿。那个时候,它就是绝好的引火材料,我们管它叫蒿蒿。

艾蒿,我们叫艾叶。这是芳香的植物。它唯一的用途,就是端午节挂在门上,避邪。其实,上千人的村子里,没有几个人知道屈原,但大家都知道要吃粽子。我从来不觉得这是愚昧、落后、没有文化。大家都把它当成一种节日,这已经足够了。还有一种苦艾,它比艾蒿的气味儿大,刺鼻,是熏蚊子和苍蝇的绝好材料。

夏天的夜晚,蚊虫特多,爷爷编织了几条很粗的艾绳,放在屋子中间,点燃,满屋子浓烟滚滚。如果不是炕上的帘子遮挡,恐怕这烟味儿能把人呛个半死。

蒲公英、紫花地丁、大蓟、小蓟、龙葵、曼陀罗、远志、地骨皮、车前草……我认识很多很多中草药植物。其实,我的第一个理想是当一名医生,像李时珍那样,但这个理想很快就无疾而终了。

每一种植物的气味儿,都是通向童年的一条路。我现在喜欢种花养草,大概就是想回归童年吧。

金盏花

可爱的孩子，是谁惹你生气了呢？

瞧，你才长出四五片叶子，就有一片拧了过来，

只能看见你的背影。

也许是风吧，

也许是雨吧，

也许是我用喷壶浇灌你的时候，不小心碰伤了你。

你那么久，那么久，都不肯转过身来。

来来来，让我轻轻地扶你转过来吧。

你笑了，笑得在风中颤抖。

哦，小孩子都是这样的吗？自以为聪慧的大人，也被你骗了。

不过，我喜欢，小时候，我也这么干过呀。

二月兰

二月兰，像个运动场上的健将，从二月一直开到了四月底，很灿烂。

杏花、桃花、连翘、梨花、丁香花，都——凋谢了，可是，二月兰还在开着。现在，它又陪伴着山楂花、金银花、月季花，一路前行。

二月兰，又叫诸葛菜。我知道诸葛菜，并不知道它叫二月兰。有关植物、动物的知识真的很丰富。有时候，我们还会因为植物的名字而争论，甚至争吵。比如，这个说，它叫二月兰，另一个说，不对，它叫诸葛菜，争得面红耳赤。得知它们是一种植物的两个名字之后，大家握手言欢，开心一笑。这种事情在我们的日常生活中，并不鲜见。

二月兰的兰字，让我敬畏。我以为，二月兰是兰花，兰花很娇

二月兰

贵，非常难养。我养了一株，数年都不开花，一气之下，当作野草扔掉了。从此，我对一切兰花都敬而远之。其实，二月兰属于十字花科，而非兰科，名字容易误导我们。

二月兰的花朵分紫色、淡红色、白色三种。花茎及叶子，与油菜有几分相似，但二月兰要纤细得多。这种植物，貌似娇嫩，实则生命力极顽强。它对生长的环境需求不太高，阴面、阳面，干旱和湿地，都能成活。从叶子和花朵的繁茂程度，以及它的高低，可以推测出它的生长环境。

我喜欢紫色的二月兰，尤其是成片的花，远看，就像一片紫色的海洋，微风一吹，小小的花瓣们抖动着，像是振翅欲飞的小蝴蝶，令人赏心悦目。

二月兰的叶子和种子，都可以食用，但我没有尝试过。我不喜欢以食用的目的来养花草，我喜欢观赏。

二月兰虽然很容易成活，但令我沮丧的是，去年我曾经移植过三株，都没有成活。但我毫不气馁，今年又移植，终于成功了。移植了一小片，清一色，全是紫色的。

我喜欢二月兰，大概是因为它的野性吧。无论人工如何种植，

花园巡阅使

人工的痕迹都不明显，不管如何，它都像是野生的，生机勃勃，怡然自得。

四月底，二月兰虽然还在开放，但凋落的气息开始显露。花瓣少了，比火柴棒还要细的豆荚四仰八叉地支棱起来了。很奇怪，别的花儿凋谢的时候，总有点伤感的味道，但是二月兰的花朵凋谢却没有这种感觉。那些向四面八方伸展的豆荚，倒像二月兰结实的小胳膊，它们挥舞着，似乎在快乐地对我说："明年见哦！"

二月兰，真像是紫色的潮水，从二月一直奔涌到了四月，很快，它又要向五月奔去。远远地，我似乎听到了它的喘息声，犹如在海边聆听漫上海滩的海浪一样。

五月，我该要采集二月兰的种子了吧？

爱花的人们

一、路边的地雷花

大槐树下，是人行通道，有一排白色的栅栏。栅栏内，是鸢尾花、地雷花、月季花，还有刚刚长出来的桑树苗，以及丁香、紫薇树。

挨着栅栏，长条的木椅，三三两两，供小区里的人们坐着休息。在长条木椅的后面，有一株硕大的地雷花，开得正盛。尽管已经过了霜降，但地雷花的叶子，碧绿碧绿的，紫红的花瓣，像一张张笑脸，一团一团的，很是可爱。

一个老奶奶，哦，算不上老，现在的奶奶都很年轻。她带着自己的孙女，坐在条椅上。一扭头，小孙女看见了盛开的地雷花，顺手就摘了一朵。

奶奶看见了，高兴地说："摘，再摘一朵！"

花园巡阅使

　　小孙女得到了奶奶的"鼓励",便一朵,两朵,三朵……不一会儿,小孙女娇嫩的小手上,就抓满了鲜艳的花瓣。体贴的老奶奶,伸手把小孙女手里的花瓣全部拿在自己的手上,让小孙女继续摘花朵。

　　这时,一个中年妇女走了过来,看到此情此景,心中无名怒火腾地升起来了。她克制了一下自己的情绪,很严肃地对老奶奶说:"大姐,你怎么能教你的孙女摘花呢?你应该教她如何赏花呀!"

　　老奶奶脸红了,急忙抓住小孙女伸向花朵的小手,把小孙女搂在怀里。

　　她知道,自己的行为是不对的。所以,她一句争辩也没有,只是很尴尬。

　　这位中年妇女是我太太,她讲给我听时,我心里暗暗一惊,心想,换作我,我可能会视而不见。尽管这些花是我种植的。

　　我喜欢花,爱花,太太是在我的影响之下也爱上花的,但她强烈的社会公德意识,却不是受我影响的,而是受她的父母影响和熏陶的,这可能就是我们所说的家风吧。但有一点,她是没有想到的,就是她的行为其实是出自一个母亲的本能。她不喜欢这位老奶奶教育孙女的方式,因为这种教育方式对孙女的成长不利,或者说有害。

二、机场安检

在香格里拉机场,我忐忑不安,心里紧张到了极点。

我不清楚,机场允不允许把装有泥土的花盆带上飞机。以前,在湖南湘西的时候,我曾经坐高铁把几盆花带回了北京。

云南的土质太好了,要么是黏黏的黄土,几乎可以烧砖瓦;要么是黑油油的松软的腐殖土。我们常说一方水土养一方人,花卉又何尝不是如此呢?北方的土质干裂,沙子较多,且没有营养,水分非常容易蒸发。

我带了三棵格桑花,据宾馆的服务员讲,他们当地人管格桑花叫洋人花。洋人花这个名字,道出了格桑花的来历,说明它并不是我们本土的物种。我还带了三种肉质的植物,形状各异;带了两棵密花香薷,两棵蓝色的矢车菊,几株蓼,两棵翠菊。很奇怪,格桑花、翠菊,我都种过,但我发现云南香格里拉的格桑花和翠菊粗壮,株形优美,几乎有点木质化的感觉。从生命力角度而言,那要远远胜过我种植的同类花卉。我的塑料袋里,装满了我采集的花籽儿。

蓝色的矢车菊一尺多高,格桑花紧随其后,它们太引人注目了。刚刚一过安检的机器,那个戴口罩的负责安检的女同志就把我的花

花园巡阅使

盆提了过去，我的心"咯噔"一下，坏了，难道不允许带吗？

女同志用手打开我的塑料袋，仔细查看。她指着密花香薷说："这是什么？"我急忙解释，我也不知道，但闻起来有点像芳香植物，比如藿香、薄荷之类的。我不确定这是不是有害物种，印象中，北方的公园里，也有大片种植的。

女同志又指着格桑花说："这个花呀，会结籽儿的。等花籽儿完全干透了之后，再采摘。"噢，原来她是在给我作指导，太好啦。其实，她说的一切我都懂，但我不愿意拒绝人家的美意，所以我装出认真聆听的样子，好像自己对此一无所知。在生活中，这样的场景司空见惯，好心人处处都有，如果时光倒退十年，我一定会急于表现自己，表示自己也知道其中的奥妙。经过岁月的磨砺，我学会了克制自己，学会了接受别人的美意。

而在一旁负责用电脑查看图像的男同志似乎在笑，笑得浑身抖动，这些野花野草，香格里拉遍地都是啊，而我这个北京来的人竟然把它们当成宝贝，还要带回北京去，他大概觉得很有趣吧。如果换位看，我也会觉得非常好笑、非常有趣的。

最后，女同志嘱咐我，千万不要把花土掉出来，落在飞机上。

谢天谢地，顺利放行。

那些我带回来的花花草草，百分之八十以上都移植成功了。更令我惊喜的是，一朵格桑花竟然开放了。

三、栅栏外

窗外，暖气管道的井盖被掀开了，物业的一个中年人在用小小的电瓶抽水。快要供暖气了，井里的积水必须要清理干净。

我把一盆豆瓣绿和一盆竹节海棠搬了出去，进行剪枝处理。豆瓣绿长得太疯狂了，凌乱不堪，就像没有人打理的野草一样。革质的叶片四仰八叉，面目狰狞。株形一点儿也不优美。竹节海棠似乎已经很苍老了，奄奄一息，必须重新扦插。

我一边用花剪给花卉剪枝，一边和物业的男子搭讪。今年的雨水多，井里的水处理不及时，就会造成严重的积水。

聊着聊着，我突然发现抽水的男子扭过身子，跟栅栏外的什么人说话。

哦，栅栏外站着三个中年妇女，拍照似的紧紧挨着，她们你一言我一语，和男子聊着天。她们的声音不大，我没有听清说的是什么。

我疑惑地看一眼中年男子，中年男子"嘿嘿"笑了，他说："她们想和你聊聊，看你在剪什么花，但不好意思，想让我来转达，我

花园巡阅使

让她们直接和你说！"

哈哈哈，我笑了，这么大的成年人了，怎么还和小姑娘一样羞怯。哎呀，现在还有这样的人，实在是稀罕。

我向她们招招手，她们跨过栅栏，来到我的面前。

"你剪的这个是什么呀？能重新栽吗？"一个中年妇女问我。

我说："这是豆瓣绿，是很好的净化室内空气的植物。它们可以扦插，非常容易成活。"我一边说着，一边给她们三个人分配剪下来的小枝。

"豆瓣绿开花吗？"

"不开花，观赏叶子的！"

"这个是什么？"

"竹节海棠，也有人叫它虎皮海棠。叶子上有斑点，花开后很漂亮，每一瓣都像石榴籽一样，鲜艳极了！"

三个中年妇女听到我的解释，每个人都很兴奋，似乎看到了花开的美景一样。人的想象力真是一个奇妙的东西，真与假，美与丑，善与恶，光明与黑暗，这要看想象力朝哪个方向飞。飞到哪一边，哪一边就会出现幻想的情境，这种幻想大都像修辞手法和写作手法一样，不是夸张，就是渲染，总之，想象力会把幻想的实物浓墨重彩修饰一番。

小小的欢乐,小小的兴奋,在她们三个人周身沸腾。

有一个中年妇女小心翼翼地问我:"老人家,您今年七十几了?"

我忍不住,笑出了声,我说:"我还有五年才退休!"

"哎呀,真不好意思。你比我们还小啊!"

"没关系,没关系,我长得太成熟了!"

中年男子蹲着的身子,抖动了几下,在笑。

四、相约二〇二二

十月底的一天,我开始收拾百草园。日渐枯黄的紫苏、藿香,威严地耸立着,为种子的播撒站好最后一班岗。似乎,不把种子播撒下去,它们不肯倒下一样。

园子里的落叶很多了,快要盖住整个园子的土地了。这是大槐树的杰作。

我或者拔除,或者用剪刀剪断这些植物。不知怎的,有一种丰收的喜悦涌上心头,不知不觉,就想起了儿时收割庄稼时的情景。

是的,都是熟悉的劳作,都是熟悉的场景。我把植物们堆积在石榴树下,收拾完后,我抱着它们从栅栏里跨了出去。

花园巡阅使

立刻，就有人好奇而又羡慕地询问：这是什么呀？打算怎么处理呀？有认识这些植物的人，还有点惋惜，毕竟，紫苏的籽粒是香料，像芝麻一样。他们总觉得这些籽粒不应该丢掉，可是，如果不丢掉，我怎么处理它们呢？

小时候，我是收割过芝麻的。芝麻的晾晒过程、收获过程乃至压油的过程，我都目睹过。但这些紫苏的籽粒太小了，落在地上几乎看不见。只有折下一小枝，在鼻子下面一闻，才能感觉到那扑鼻的浓香。

我抱着一捆紫苏刚刚转过弯，又碰上了一个年轻的女人。因为她戴着口罩，我没有认出来她是我毗邻的那幢楼的住户。她的窗外正挖着深深的壕沟，施工人员正在做防水处理。她种的所有植物，都被高高堆起的泥土埋住了。

"哎呀，你送我的紫苏，长得可好啦。可是，现在全部被埋在下面了！"她一面遗憾地说着，一面从我抱着的紫苏中折了几枝，打算留点种子，明年再种。我记得，我还送过她地雷花，她的窗外几乎全是紫苏和地雷花。在我们小区内，很多人的花卉的苗和种子，都是从我这里拿去的。

我安慰她说："没关系，我的地里飘落了好多种子。明年，会

长出一大片的。到时候，我再给你几棵小苗。"

她的眉毛一挑，眼睛一亮，笑在眉宇间荡漾。

我似乎看到了，那一片一片的紫苏小苗破土而出；我似乎看到了，一个又一个人来我这里讨要紫苏苗。

相约二〇二二，快乐如阳光一样普照。

收 获

　　立冬的前一天，北京的天气突然变得阴沉沉的。不知道是雾霾，还是阴云，反正一片肃杀之气弥漫了整个天空。虽然还不是太冷，但寒流似乎已经开始在遥远的地方动身了。

　　窗外，所有花盆里的花卉，都被搬回室内了。仅剩几盆不打算要的，依然留在窗台上和地里。家里已经放了几十盆花花草草，没有更大的空间了。

　　我从邻居那里借来了一个小小的铁镐。我那个工兵用的小铁锹，已经残缺了一部分，再使用一次，恐怕就变成两半了。我心里苦笑，从小到大，自己用什么东西都费，只知道使用蛮力，这个习惯很难改变。大大小小的铁锹，已经让我使坏了四五个。邻居的小铁镐，很像山里药农采药时使用的工具，非常适合用来挖鬼子姜。

收获

是的,我要开始挖鬼子姜了。立冬之后,如果土地结冰,挖鬼子姜可要费大力气了。

鬼子姜只剩一小片了。左邻右舍都反复建议,让我以后不要再种鬼子姜了。大家都讨厌这高高大大的、疯长到二层楼一样高的家伙。我惦记着远在福建的朋友,她喜欢鬼子姜,为了这份友情,我顶着压力保留了一小片。有些长得太高了,我听从邻居大哥的建议,在鬼子姜即将开花的时候,把它们拦腰剪断了,邻居大哥说,剪断的鬼子姜在地下可以继续生长。瞧着这些残梗,我想证明一下邻居大哥说的是正确的,所以,我先开始挖这一部分。

铁镐挖了几下,我倒吸了一口凉气,心里暗暗叫苦:坏了,被剪断的鬼子姜,下面几乎没有块茎的果实。至少,在鬼子姜的上面开始枯萎的时候,下面就停止了生长。

通常情况下,鬼子姜是非常好挖的,如果土质松软的话。它像土豆一样,几乎没有深过一尺的。它的块茎,基本上都分布在根部的周围,就像温暖的一家人似的。如果土质松软,在隆起的小土包,或者是有裂缝的土层下面,一定有鬼子姜的果实。如果土质不好,只能顺着结果实的根须往下挖了。不过,这要耗费更多的力气了。

花园巡阅使

我种鬼子姜的这一片地，土质非常糟糕，地下砖头和瓦块，以及石头，好像挖之不尽，弃之不绝，加上窗外做防水处理，更换管道，又增加了建筑垃圾的数量。板结的石灰层，像岩石一样层层叠叠。我不断更换新土，简直像愚公移山一样，耗费了许多精力和体力，但依然不能做到焕然一新。我刨开一棵鬼子姜之后，惊奇地发现，在板结的石灰层下面，有一块像婴儿拳头一样的鬼子姜，像睡着的婴儿宝宝一样。我差点儿叫出声来，哎呀，这果实的生命力太顽强了。当我挖出一块的时候，一丝幸福的微笑就挂上了我的嘴角。这是幸福的喜悦，收获的快乐。这种收获的体验，在乡下，我体验过很多次，摘棉花，割麦子，掰玉米，挖红薯，没有亲历过这样的劳动场景，是无法真正领略到这份快感的。而我收获鬼子姜，和收获庄稼的感觉是没有什么区别的。

今年的鬼子姜，比往年的收成几乎要少一大半，不仅是雨水太多的缘故，更主要的是我种植的面积减少了许多。但令我意想不到的是，今年的鬼子姜，似乎比往年的块儿大。若非形状不同，那么它和生姜简直是一模一样了。也难怪，无论是生姜，还是鬼子姜，它的名字都带一个"姜"字。不过，这是形象化的一种称谓。

收 获

我想象不出自己的样子,但一定很可笑吧。也许我像一个淘金者,心里开着花,眼里冒着光,执着而顽强地刨着鬼子姜。或者,更像一个山里的采药人,小心翼翼地挖掘着。若碰伤或者碰坏了一块脆生生的果实,心里就哆嗦一下,感觉很懊悔。植物生长不易,收获更要加倍小心。刨着刨着,我感觉腰部有些酸痛,当我直起身来,才感觉到腰部像失去了知觉一样。哎哟,割麦子弯腰太久的感觉和现在的体验何其相似。不过,那个时候年轻,站一会儿,很快会恢复体力,而现在,我站起身来就不想再蹲下去了。我眯着眼睛,瞅着太阳,苦笑。这时,我感觉自己的身子像是金属做的,如果再弯下去,恐怕就要折断了。没办法,我只好坐在地上,一下一下细心地刨着。

一上午的劳动,让我收获了沉甸甸的两布袋鬼子姜。双手拎着布袋,简直像是凯旋的战士,带着满满当当的战利品,所有的疲劳一扫而光。

吃过饭,几乎从来都不午休的我,竟然一下子睡到下午四点。真惭愧。

我睁开眼,望着天花板发呆。我正在阅读梅特林克的一本书,

花园巡阅使

读至《拳击礼赞》这篇文章时，不由得深深地感叹一声，生命这种东西，是最隐瞒不了自己，也欺骗不了别人的。生命力强盛或者衰弱，不需要用拳击来证明，就简单的一个持久的劳动，便可以鉴别。比如说，挖鬼子姜。我不得不承认衰老的气息正在慢慢袭来，心有余而力不足啊！精神是一个独立的存在，但如需体力来加以佐证，那麻烦可就大了。没有人愿意承认自己的苍老或者衰老，这是自欺欺人的一种自慰。承认，是对客观事实的认可。承认，才会变得从容、豁达。

下午，我强打精神，把最后的一点儿鬼子姜刨完。又收获了一布袋。虽然今年的收获从数量上和重量上都比往年要少许多，但今年的果实壮硕程度超过以往，这是很令人欣慰的事。

第二天，立冬，大雪覆盖了整个园子。窗台上的几株串串红被大雪包裹得严严实实的，但红色的花瓣隐约闪烁其中，如同悲伤的笑脸，这是最后的告别。另外几株，已被我移进屋里，含苞待放。

再见，秋天！